江南叙事
Contents 目录

沉浸孝陵

明朝的 16 个皇帝中，除建文帝、代宗外，13 座陵墓一顺溜排在北京昌平燕山脚下，只有开国皇帝朱元璋的孝陵营建在长江南岸的金陵，即今南京。从皇家的规矩便可知道，这座开国皇帝的陵墓规模，必定是他的后世子孙们的葬身之地无法企及的。我们发掘了北京的定陵，也就是万历皇帝的陵墓，为它的宏大、奢侈惊叹不已，有朝一日南京的孝陵得以让世人入目，也一定会有更大的惊喜。

孝陵始建于洪武十四年（1381 年），第二年就葬入皇后马氏，这位贤惠的马皇后只活了 50 岁，可以推想的是，她自 20 岁嫁给朱元璋后协助夫君南征北战、建功立业付出了多少心智，说她积劳早逝也不为过。马皇后卒谥"孝慈"，对于母仪天下的女人来说，没有比这个称号更为尊崇、确切的了。这座明代最大规模的陵寝也因此被称作孝陵。

想起了至今仍流传在老南京人口中的关于朱元璋出殡的传说，说是为了怕被人盗墓，出殡时城内 13 个城门同时出棺材，让人莫辨真伪。稍稍想一下就知道这个传说实在没有任何价值，南京城内外没见一处朱元璋的疑冢，十万军士的营建劳作，带动的建材、生活必需品的消费不会没有足够的动静，况且马皇后早

就在那儿等着自己的夫君，16年后朱元璋才与她永远并排躺在一起，在这么长的时间里孝陵的存在对世人不可能是个秘密。13个城门出棺材，那是开国的太祖皇帝哀荣的排场，举国致哀，京城葬礼的隆重，所有交通关卡都如同出殡一样肃穆。见识不多的老百姓按自己的水平去想象皇家的葬礼跟一般大户人家差不多，也是盗墓；那么所有城门关卡出棺材，就会造成扑朔迷离的效果，让真正的陵寝成为永久的秘密。

当时的老百姓实在无法想象孝陵的规模，十万军士在这儿劳作了三个春秋，一千多个日日夜夜，圈围了好几平方千米的陵园，从神烈山"诸司官员下马"的下马坊起，往北依次为神烈山、大金门、红门、西红门、四方城及神道石刻，其后是主体陵寝：文武坊、中门（碑亭）、享殿、大石桥、宝城、明楼等，前后纵深2.62千米，绕陵的红墙就长达22.5千米！

老百姓担心的盗墓一说真的也多虑了，在这座恢宏气势的陵园里，守护的军士多达五千余人，日夜梭巡在陵墓内外，神烈山的东边至今还有名叫"孝陵卫"的驻军的地方。陵内草林繁茂，十多万株青松，还有千头挂着胸牌的长生鹿在陵园里出没，不时地停下来睁大特别警惕的眼睛，一有动静就跑起来穿林渡水，刮起阵阵旋风，引发串串震颤。不用说盗墓，连近前的可能都没有，皇陵的一草一木都是神圣不可侵犯的。

孝陵不能不说是奇特的。审视研究一下它的平面布局，就会发现孝陵是中国历代帝王陵墓中唯一的不是平铺直叙的格局。从朱元璋高筑城墙的布局上，就显示出他了不拘一格依山抱水顺乎自然的理念。这座有着世界最长城垣的城市是如此地不合方方正正的规矩，然而它却无不是以水作为外护城河的屏障，不论是长江、秦淮河还是玄武湖（后湖）、燕雀湖（前湖），都要服从他固城的需要。这位出身于农村最底层的农民领袖，对自然环境的认识让世人为之刮目。他对自己的长眠之地，依然是以顺从地势而为，从神烈山的神道口进入，参谒的官员肃穆地朝北进入大金门，仰望碑亭，重温并恭颂开国领袖的丰功伟业后，便朝西拐弯步入神道石像路，两蹲两立的獬豸、麒麟、象、马、狮子、骆驼等共 24 只石兽，整齐地排列在道路两侧，气象阔大而又庄严地沿着孙陵岗雄壮地折西向北而去。棂星门也在弯环处，过了五龙桥，才笔直地可见文武坊的大门，立在逐渐高拱起来的小坡上，红墙内有供奉着朱元璋、马皇后画像的巍峨的享殿，后面是大石桥、宝城、明楼。穿过几十级的宝城隧道，可见"此山明太祖之墓" 7 个石刻楷书。这是一处叫独龙阜的地方，在钟山这条长龙的玩珠峰下，"卧侧之榻岂容他人酣睡"，只有这个名称的地方才配得上开国的真龙天子安睡。朱洪武也睡得踏实，几百年来，尽管在他的陵寝里有过相当的纷争和厮杀，但无人敢掀他的棺材盖，无法一睹他的地下世界的堂奥，尽管那肯定是个十分诱惑人的所在。

可以想见的是，他生前不止一次从朝阳门出城，在钟山脚下寻觅自己的归属宝地。无数次的踏寻后，终于找到了这个不易多得的风水宝地，可是远在六朝时的宝志和尚抢先在这儿有了香火，于是他下令将宝公院往东挪到现今灵谷寺的地方，腾出这块地方让自己在此长眠。他满意这个地方，也不介意主体陵寝前面有个凸起的小土包是三国时吴国碧眼紫髯的孙权的陵墓，他视察过这个地方，气魄极大地留下一条指示：孙权也是一条好汉，留着他为我守门吧。不能不惊叹朱元璋的气概，相对孝陵的规模，孙权的墓地的确矮小得如同一座照壁、一间小小的门卫室。而如今这座孝陵的屏障周山种梅，成了全国最大规模的赏梅区之一，阳春三月，花信春风，荡开数以十万计的梅花，绿萼、朱砂、玉蝶，刹那间怒放争春，极为壮观，还有樱花、丁香，连同绿荫下的茶树，像一座硕大无比的四季常青的花篮，暗香浮动，流光溢彩，永远供奉在孝陵前。这是朱元璋大概再伟大、英明也无法预见的吧。

当然令他不安的事更多，他以为他创建的朱姓江山可以长治久安，绝没有想到只有276年的历史，更没有想到就在他死后由孙子朱允炆即位不久，他的远在燕山脚下的四儿子燕王朱棣就夺了侄子的皇位，并把皇都从南方迁到了北方，那是他的根据地，是可以摆脱江南文臣武将谋算的地方。从此首都的建设有了大规模的举动，以至红墙黄瓦的紫禁城的气派一直绵延几百年至今不衰，南京城则在明王

朝的政治格局中落了个陪都角色，光辉渐渐地暗淡下去，它应有的规模和建设，随着迁都从蓝图上被抹去了。

孝陵的整体经营于洪武十六年完成，太祖皇帝于洪武三十一年（1398年）去世，入葬于此，算算已经历了近七百个春秋。这七百年的时光，发生了多少沧桑变故！即便是开国皇帝，他也无法保证他生前的既定方针被他的子孙永远照办不误。朱棣惊动了在钟山下长眠安睡的祖宗，朱元璋也不能在黄泉下探起身子斥责不孝的儿孙，只得听任风吹草动，听任墙倒柱歪，更无法阻止大清朝的铁骑在他面前与自家王朝的军队展开殊死决战。

公元1699年，17世纪的最后一年，孔子第六十四代孙孔尚任，在《桃花扇》"余韵"一折中，用写实的笔调极其哀痛地描绘了江山易代后他眼中的孝陵，真是不堪回首：

　　［哀江南］山松野草带花挑，猛抬头秣陵重到。残军留废垒，瘦马卧空壕；村郭萧条，城对着夕阳道。

　　［驻马听］野火频烧，护墓长楸多半焦。山羊群跑，守陵阿监几时逃。鸽翎蝠粪满堂抛，枯枝败叶当阶罩；谁祭扫，牧儿打碎龙碑帽。

　　［沈醉东风］横白玉八根柱倒，堕红泥半堵墙高，碎琉璃瓦片多，烂翡翠窗棂少，舞丹墀燕雀常朝，直入宫门一路蒿，住几个乞儿饿殍。

　　这是明末清初的时光，一座极其规模的陵园竟然荒芜冷落到了这个地步，两百多年的时光就彻底变了世道，让人读着听着都禁不住扼腕长叹！

　　然而这座埋葬着明代开国皇帝的陵墓，静卧悄然之中，却成了明末遗民的精神支柱，那是宗庙的象征，是一个朝代的象征，是漂流无主的臣民的心灵归依的家园。

　　清顺治八年（1651 年），著名学者、明末遗民顾炎武来到孝陵拜谒，在他的后半生中，这样的参拜多达七次。这位从昆山避走他乡，一直颠沛流离在华北、陕西一带流浪著述的学者，每隔一两年便不惮千里来到这里，究竟是为什么呢？他在《重谒孝陵》一诗中这样写道："旧识中官及老僧，相看多怪往来曾。问君何事三千里，春谒长陵秋孝陵。"他仅仅是怀念朱明王朝，为他的汉族天下？奇怪的是，他的这种顽固的"反革命"行为却一直没有被告发，也没有遭到当权者的质疑和盘查。如此虔诚地一次次地长跪在这里，当然不仅仅是为了怀念，更为重要的是，顾炎武是凭着这样参拜的行为来砥砺自己反清的情结，他心中原先的坚定不移的政治信仰，在不断改善的政治面前受到无形的挑战，渐渐地松动、减弱，这对于讲究人格操守的知识分子来说，是最大的心理威胁。清初的政治与后期的朱明王朝相较，正直的、有良知的知识分子不会在现实面前背过脸去。政治日渐清明的新王朝，让七次或许更多次拜谒孝陵的顾炎武们处于两难之中，无可奈何。

顾炎武们要寻求更合理的解释，否则心中的疙瘩永远也解不开。

改朝换代了，那意味着亡国了，但是旧有的政治秩序以及所依赖的政治制度，儒家的经典、仪礼，全部被承袭了下来，没有礼崩乐坏，也就是说赖以维系天下这个大厦的精神支柱没有倒塌，那就只是亡了国家这个形式，换了个他姓的人坐了江山，而不是从根本上亡了天下，于是顾炎武在这个层面上认同了清朝的统治，他住进了他外甥、后来的大清朝探花的住宅里，浙江的黄宗羲也同意让他的儿子入仕参与对明史的撰修，在统治者持有政治话语权的前提下，相同的政治格局、社会秩序、封建伦理，使满清的统治者和汉族地主及其知识分子形成了共识，他们握手了，和解了，在蓝天白云下。

可不是吗？就在顾炎武去世后的两年，康熙二十三年（1684年）冬，大清康熙皇帝南巡到达金陵，在视察过旧日的紫禁城后，驾出朝阳门来到孝陵。30岁的玄烨，命令随从诸臣在文武坊外下马，极其恭谦地由旁边的甬道进入，他行了三跪九叩的大礼，在宝城前还祭祀了猪头三牲，依旧从甬道旁退出，就孝陵的保护、修缮发表了一系列最高指示。在皇位上待了61年的康熙

皇帝曾六次南巡，五次晋谒明孝陵。康熙三十八年（1699年）
在他第三次谒陵时，写了"治隆唐宋"四字，命令江宁织造曹寅
和江苏巡抚宋荦会同办理，"悬置殿上，并行勒石，以垂永远"。
在文武坊和享殿之间的中门名叫孝陵门的须弥座上矗起了一座我
们今天见到的御碑亭，康熙大帝清瘦苍劲的四个大字，被刻在高
3.85米、宽1.42米的巨大石碑上。康熙表达了对前朝政权开国皇
帝朱元璋的尊重和钦佩，同时也统战了江南汉族地主及其知识分
子，把一切不利因素化为积极力量为他的新政权服务。

　　这是一个被其后历史证明的励精图治、雄才大略的君主，他
到一个被取代的政权创始人的墓地去朝拜，会有什么政治反响？
一个不自信的领导人，对前朝政权的人与事都必须斩根杀绝，害
怕他们可能造反，那无疑是一种卑怯、狭隘的心态，康熙公开称
颂被取代的前朝皇帝的功绩，只能证明他的圣明。数以万计从皇
帝谒陵的人，把他的一举一动看在眼里，能不从心眼里臣服新政

权的开明、阔大？

玄烨不怕对前朝统治者的称颂会招来更多更大的反对势力，他只承认人的行为和能力，一味地杀戮、镇压，甚至掘人家八代的祖坟，对旧政权的子孙后代实行专政，并不能从人类的理性和感情上产生尊重、信赖。当爱新觉罗氏用水来浇灭大明的火焰后，玄烨自信自己不害怕明王朝的孝子贤孙来颠覆他的政权，在他的眼里，面对旧江山的"宫墙断缺迷青琐"，办法只有一种，那就是："治理艰勤重殷鉴，斜阳衰草系情多。"这不能不说是一种有着人格魅力的举动、充分的雅量和大度、自信控制政权和治理国家的能力。在一个不断朝着理性秩序迈步走的社会里，政权遭遇挑战和动乱的概率会越来越小。

但这也是两千年封建社会的回光返照，又是一个二百多年后，造反的太平军步朱元璋的后尘在金陵定都，在捍卫农民政权和满清王朝统治的血与火的较量中，洪秀全、李秀成的士兵在城外孝陵一带不断地与清朝的将士进行生死鏖战，曾国藩的江南大营就设在孝陵卫的地方。那不再是冷兵器之间的攻守斩伐，火炮的轰鸣和长枪的声音格外刺耳，硫黄火药的硝烟伴着林木的焦枯，上演了新的一番屠戮、劫难，远比上一回易代时的动乱更惨烈。

孝陵历尽沧桑。宝城上的明楼毁了，很多年没有恢复，直到进入 21 世纪才有了黄色琉璃瓦的映照，孝陵等待着后人的理解和尊重。但是，站在宝城的外墙边上朝南眺望，青松环抱的四周安详静谧，回首朱元璋和马皇后的墓室宝顶，上面的护墓长楸依旧十分茂盛，不像经过许许多多的劫难，自然形态又一次将灾难和毁灭掩盖起来。

　　孝陵在清代称明孝陵，它是一个现存政权对前朝政权的一种明晰的称谓，没有任何褒贬的意思。但它在岁月的长河中渐渐地老了，成为更加厚重的一份历史遗产。孝陵承载的历史太沉重了，当我们走近它的时候，面前见到的、浮现在我们脑海中的东西实在太多，除了它的风光、沧桑容颜、建筑格局、皇家气派，更多的是思辨、教训，它毕竟是历史，站立着的无言的一段历史，而在历史面前，每一个人都会照见自己以及社会的影剧像。

散步秦淮

　　承平年代的河风也是轻软的，九月的秋阳温煦得如同春日的抚慰，在长乐路武定桥上西望，蜿蜒而过的秦淮河拐了一个弯，白墙黑瓦的河房遮没了河水的去路，看不见它的余韵流光；往东眺望，光线明亮而又多彩，南岸精致的河房连绵东去，北岸是河滨公园，青草茵茵，花木扶疏，贴水依建的红柱黑瓦的亭台楼阁，聚集着休闲的老老少少；目光越过来燕桥、文德桥，依稀可见泮池的一方清水和临水而立的魁光阁，两岸河房夹峙的碧绿一线，在翠柳的笼罩中变得越来越细，渐渐从视野中消失，迢遥可至河水尽头的东水关。

　　眼前的这片河水，究竟流了多少年？

　　秦淮河灿烂在我们的历史和

文化上，无论从哪个角度看，这都是一条最具人文色彩的河流，没有任何一座城市里的水系会像秦淮河那样闻名遐迩，即便是流经天津市内的海河、成都的府南河和流经哈尔滨的松花江，都不可能与秦淮河在历史、文化、民俗诸方面对社会和民众产生如此重大的影响相比。

按照最悠远的说法，当年秦始皇南巡至此，发现金陵之地有王气，于是筑钟山以疏淮水，南朝名士顾野王在《舆地志》一书中记录：秦始皇巡会稽，凿断山阜，此淮即所凿也，亦名秦淮。

这是一条古称龙藏浦的水系，后来称淮水，全长约110千

米。在它的发源地考察，它蜿蜒、自在天成的水道不像是人工所凿，把这条长河命名给始皇帝，是因为天下第一的秦始皇的名重，还是确系千古一帝在此有所作为？这似乎成了解不开的历史谜团。

它无拘无束地从南向北汇向长江，在入江处形成了一幅广袤的冲积地带，这儿有丘陵、小溪，先民们认为是最宜居住和生存的地方，于是聚合在此繁衍生息，石斧、石锛等新石器时期远古的遗存，证明了这是南京人最早的家园。

秦淮河实在是南京的母亲河。

好山好水好地方，其后专制王朝在此建都，宫城无一不是贴建在秦淮河的两岸，最早的"越城"在秦淮河的南岸，楚威王的"金陵邑"、孙权的"石头城"则在秦淮河的北岸……

原生态的秦淮河是条桀骜不驯的大河，怒涛翻滚，汹涌澎湃，东晋人把它作为天然的屏障，从入江口附近的石头津上溯，竹格航、骠骑航、丹阳航、朱雀航等二十四座浮航横亘在河上，那是大大小小的船只首尾相连而成的浮桥，平时通行人马，战时撤航为守。

当全中国第一大都市长安的"曲江柳"笼罩着如梦如幻的轻烟，这人攀了那人攀时，秦淮河也有了相当的艳名。"烟笼寒水月笼沙，夜泊秦淮近酒家。商女不知亡国恨，隔江犹唱后庭花。"晚唐诗人杜牧的《泊秦淮》，差不多是秦淮河最早的成名记录，这是所有关于六朝古都南京的诗文，也是无数咏叹秦淮河的诗歌中最为经典的一首。

此时的杜牧已经有了"十年一觉扬州梦，赢得青楼薄幸名"的人生反省，他乘船悄然抵达金陵，在笼罩着清明夜月的河上听到了扬州来的歌女檀板吟唱亡国之音的《玉树后庭花》，浓词艳情的歌谣，与浮泛着的波光月色是那样的不和谐，心情感慨之强烈让他情不自禁地援笔写下了这样一首千古绝唱。这是噩梦醒来般的彻悟，先哲们在抒情状物中将人生的体会结合得既浑然一体又让人咀嚼回味。这是一个王朝盛世将谢时先知者的咏叹，它的沉郁、悲怆，让人低回不已。

　　五代杨行密称王，国号为"吴"，是为杨吴政权。杨氏建城，南城墙的修筑选在淮水南北分流的起始点上，将北向的一脉揽入城内，形成内外秦淮的格局。有了城池的护卫，内秦淮自然就越来越多人为的装扮、修葺，人气也渐渐旺起来，就像开始发育的姑娘，多了几分顾盼自如的风情。河水从东关闸入城，潇潇洒洒经过利涉桥、文德桥、武定桥、镇淮桥（朱雀桥）、新桥，出西水关，在水西门城下与外秦淮河合流至三汊河入江。这一条内秦淮长约十里，两岸河房一座连着一座，人称"十里秦淮"，与"六朝金粉"相对应，成为南京繁华的写照。南唐李后主对它感慨过，南宋王朝的使臣北上时也在此徘徊过，可是不管帝王的浅斟低唱，还是"空照秦淮"的忆念和宣泄，秦淮河弯曲的河水挡不住赵匡胤的大军，也无法不让元人水边饮马。改朝换代的艰难，韶华易逝的无奈，多情的才子面对河水生发出的诸多感慨，统统归结为萨都剌的一声叹息："伤心千古，秦淮一片明月。"

　　也许是为了认同汉文化，也许是为了笼络江南汉族知识分子，北宋景祐年间，祭祀孔夫子的"文宣王庙"建在了这条河的北岸，而后天下文枢坊、棂星门、大成殿、魁光阁、聚星亭纷纷而立，构成了一个整体的文化建筑群，以秦淮河的天然河道作为文庙的"泮池"，在河南岸砌筑了全国最长的照壁，连同东边会

考的贡院，为秦淮河添了一分庄重和肃穆，读书人的文思才情，仿佛与潺潺缓缓的流水一同绵泽久远……

朱元璋在金陵城坐上了龙椅，秦淮河渐渐盛装起来，这是城市走向繁华的肇端，也是夫子庙遭受"玷污"的起始。

那时节，为了繁荣京师、营造升平，朱元璋从全国各地迁来了四万多户工匠，分布在秦淮河沿岸聚宝门的门东门西。数不清的商铺店面在河北岸不远的三山街上林立，在贡院的河对面，前门对着武定桥、后门傍着钞库街的板桥一线，矗立起官营妓院——富乐院（旧院），还在交通路口陆续新建了"十六楼"。这是为才子佳人而设的欢娱场所，春闱、秋闱，参加乡试、会试的四方学子毕集于此，结驷连骑，选色征歌，在科举考试之外，傍着秦淮河水书写他们人生的"外篇"。

朱元璋太懂知识分子了，既要天下的饱学之士在科考场上角逐而纷纷"入彀",也让更多的欲望过人的读书人在女人身上耗费才情和精血。把淫乱和崇高并联在一起,他不怕亵渎神圣,也不怕世人诟议,这是顺应人性的需要,还是包含着驾驭读书人的文化阴谋?

贡院和夫子庙前突然间多了浓艳,秦淮河开始变味了,飘散在河上的香气,浮游在水里的脂粉,重得化也化不开,这美艳的"桃花"一旦染附便再也清洗不掉,"血脂"太浓了,流水慢慢胶结。明洪武五年(1372年)元宵节,太祖朱元璋下令在河上燃放灯火。万盏跳跃着火苗的小灯漂浮在清碧的水上,犹如星星坠落在十里长河,两岸观众如堵,欢声震天,天子拉开了秦淮河欢庆娱乐的盛大序幕,奏响了歌舞升平的欢乐颂。自此,秦淮河开始了它的不夜之色,步入它繁华绮丽的快行道。夫子庙不再神圣和庄严,杂沓的市民生活节奏冲淡了它的香火和秩序,它的两旁日渐成为阛阓之区。

永乐时首都北迁了,许多厌倦官场腻于朝政的高官大员乐意在南京退隐休息,远离政治中心的一切复杂的人事和政治纠葛,从而生活在平静、优雅的闲暇中放松身躯,更放松心灵。旧都南京成为无可争辩的文化之都,这儿荟萃了画家、诗人、哲学家以及身怀绝技的各种手工业的匠人、演艺家和训练有素的美丽标致的娼妓。秦淮河一带成了风流雅士寻花问柳的销金窝,它的风丝雨片,它的桨声、烛光,折射出眩人心目的异彩,"娼盛"带动的饮食、娱乐等诸产业,有了更为发达的潮头,人们在河边看到了市井无赖、颓废文人、不拘形迹的艺术家、文坛领袖、诗词高手,还有自诩锐勇的斗士和满口仁义道德的理学、经学的饱读之人。秦淮河聚集着各行各业,混杂着各色人等,像一个无所不包的"大观园",这样的包容、聚合,也许就是秦淮河昔日的全部存在。

夫子庙的庄严和秦淮河的放荡,奇妙地统一在一起。

世俗文化压倒了文化主体的辉光,秦淮河便彻头彻尾地走向了民间。碧水清流上的文章不断翻新,做得最充分最具华彩的是始于明末万历年间的灯船游乐。汪懋麟在《秦淮灯船歌》中所说的"万历年间逞欢谑",表达出了对这种游乐形式的追思怀想之情,这种活动达到鼎盛时,河上一次竟能同时出现55只灯船,游弋不定的灯船在水上连接成了一条五光十色的巨龙,光耀在云天和碧水之间,那该是一个怎样令人瞠目结舌、惊奇不已的盛景。

"万人喝彩灯船过,百盏琉璃赛月光"的娱乐,最大限度地张扬了水的柔曼和温情,也最大限度地体现了江南水乡风土特色的文化韵味。"十六楼"在明正德年间逐渐衰废,"旧院"则呈现特殊的繁华,而这种畸形的社会生活形态与水上灯船相结合,便成为秦淮河经典的娱乐项目。从此水上游弋载歌载舞、艳色侑酒成了秦淮河必不可少的内容,脂粉越积越厚,秦淮河凝滞了,涩重得挪不开步子。

秦淮河水成了香波流脂,弥漫着醉人的气息,熏倒了无数的英雄豪杰和文星大家,说什么夫子庙,讲什么忠孝节义;提什么贡院赶考,要什么人生奋斗?东林遗孤,复社名流,诗人骚客,节烈忠义,纷纷成了旧院贵客、青楼嘉宾,安邦定国的华章,换成了耳鬓厮磨的浅斟低唱,演出了一个赛似一个香艳缠绵的故事。

江山易代,物是人非的沧桑,使曾经在这里醉生梦死的士大夫知识分子们有着切肤之痛,他们把"中心藏之,何日忘之"

的亡国之痛，与个人失欢、失乐的不幸纠缠在一起，用"私人话语"抒发追思之情，用逝去的欢乐填补心中的空虚。余怀在《板桥杂记》中记叙过秦淮河的风流："灯船之盛，天下所无。两岸河房，雕栏画槛，绮窗丝障，十里珠帘……薄暮须臾，灯船毕集。火龙蜿蜒，光耀天地，扬槌击鼓，蹋顿波心。自聚宝门水关，至通济门水关，喧阗达旦。桃叶渡口，争渡者喧声不绝。"这是欢乐极致的记录，秦淮河真正成了一条不夜之河。张灯结彩、鼓乐齐鸣的游船，在秦淮河上往来不绝了几十年，无数的达官贵人、才子墨客，在这十里秦淮上，戏掷金钱，闲抛玉马，狂放不羁、追欢买笑。张岱在《陶庵梦忆》中也有相似的描写，说年年

端午时节，京城士女填溢，竞看灯船。还有人集合百余只小篷船，上面挂满羊角灯，船首尾相连，宛如烛龙火蜃，屈曲连蜷，船中急管繁弦，声震天地，岸上姑娘们则凭栏哄笑不已，这样的景况往往一直持续到深夜。

与文人士大夫的醉生梦死相反，倚门少女、鼓瑟小妇、调欢卖笑的女子却挺直腰杆，执着地追求独立精神和自由思想，不惜以死抗争，如李香君血染桃花扇一样，拒绝荒唐、无聊和卑劣，越发衬托出马士英们的荒淫和阮大铖们的靡乱。

秦淮河承载了多少历史遗恨和商女的眼泪？它的哀痛是深沉巨大的、无法言传的，清粼粼的河水，只写着"兴亡"两个大字，繁华过后的落寞，烈火烹油的热闹尽头，是无穷的哀伤和反思。

秦淮河缺少阳刚之气，它没有苏州的山塘河畔"五人墓"那样的视死如归的抗争，多的却是为虎作伥的须眉的变节、贪生怕死，用酡红的脸颜遮盖自己的良知，它的怨怼是巾帼女子的坚守大义、重感情轻钱物的品德和不向佞人低头的人格操守。

秦淮河不能不说是人生的反省之地，它是朝代兴亡的见证，也是人格品藻的检验之地，让无数其后在河边徜徉的人不能不面对这片河水所给予的明鉴与启迪。

秦淮河好像从它被匡围进城里来的那一刻，就注定成为一个道具，承平岁月的花边装饰，一件美丽的外套，它的俏丽装扮迷醉了无数踯躅其间的人士，当然它也不可避免地藏污纳垢过，但只要稍稍洗涤，抖搂一下尘埃，就能变为全新的行头，再一次成为新主人上演喜剧时需用的戏装。

在利涉桥畔的古桃叶渡口，是新辟的一座小公园，门楣上悬挂着"吴敬梓故居"的红底黑字的匾额。当年《儒林外史》的作者就是在这贡院的大门口，笔伐科举的腐朽和黑暗，这一带绿水，给予这位安徽全椒人以怎样的勇气和想象？河上绮丽如斯："水满的时候，画船箫鼓，昼夜不绝……那秦淮到了有月色的时候，越是夜色已深，更有那细吹细唱的船来，凄清委婉，动人心魄……所以灯船鼓声一响，两边帘卷窗开，河房里焚的龙涎、沉、速，香雾一齐喷出来，和河里的月色烟光合成一片，望着如阆苑仙人，瑶宫仙女……真乃'朝朝寒食，夜夜元宵'！"吴敬梓本人却穷困潦倒！

这是康乾盛世时的秦淮河的繁华，丝毫不亚于晚明时分的浪漫。无数的文人墨客在这窄窄的河水面前，无法遏止自己的想象和漫涌上来的情感，用这一泓之水浇自己心中的块垒，把他们的诸多失意、对历史的感怀和自己的风流韵事在水上张扬开来，用木桨大笔，蘸着河水，书写他们的性情、人格、冶游的感受、世俗人情和时代的变迁。李白、刘禹锡如此，孔尚任、曹雪芹也是如此，"一声孤棹响，残梦落清淮"啊。

很多年前，我曾经在秦淮河一带踏访过许多时日，从通济门水关沿着蜿蜒的河道往西走，一直到下游处的水西门附近的上浮桥、下浮桥。一位住在河畔管家巷名叫杨午英的老船娘，向我描绘过昔日秦淮河的景象，其时的河水可以让人坐在船头用鱼叉叉鱼，也可以纵身跳到清波里击水玩耍，在水乱花红的时候，摇着"小划子"载着她的客人从泮池晃到利涉桥畔的桃叶渡口。可她没有向我讲述那时的秦淮河的河房里传出的声音是不是带着哭腔，河水涩重的漩涡里是否有着沉重的叹息……在这里寻求生活来源的平民百姓，他们只凭自己的本能追求生活和内心的某种平衡，少有人透过浮华的背面去进行深沉的思考，探索这晃漾着暖

大成殿

色调的长河喧哗的社会成因和历史差异。

孔庙祭祀的烟火薄得不能再薄，仅仅成为没有任何约束力的某种形式，道德教化、礼仪熏陶，无论如何都抵挡不住前后左右红尘的纷扰，更多的人在这儿寻求肉体和感官的刺激。宽阔的泮池成了随心所欲的水上舞台，日益扩大的饮食、娱乐地盘，蚕食了顶礼膜拜的场所，科举废除了，贡院荒芜了，夫子庙也萎缩在一旁，秦淮河完全市俗化、平民化了，泮水不再纯净，学宫前更多的是游乐、嬉戏，而不是饱读和苦学。如同苏州的观前街、上海的城隍庙，成为民间民俗庙会文化的载体……

秦淮河成了一位沧桑世故的老人，看朝代在身旁不断更迭，看文人在这儿不断坠落，看妇女的眼泪不断地流淌，看百姓的日子日复一日地重来复去；河边的柳叶绿了，黄了，枯了，来年依然曼舞东风。从明代至民国的几百年间，江山易代，年号更迭，统治者营造升平气氛无不从灯船画舫着手，它能最快最便捷地用这种消费文化遮住萧条、落寞的城市脸面，仿佛秦淮河上有了成十上百的这种玩意在穿梭游弋，便是盛世的象征。

当20世纪20年代某个夏日的傍晚，朱自清和俞平伯来到这盛名天下的河上时，见到的依然是晃漾着胭脂的薄媚，有如蔷薇色一般，闻到了茉莉的香、白兰花的香、脂粉的香、纱衣裳的香……微波泛滥出甜的暗香，华灯映水、画舫凌波，混合着微风和河水密语的歌声，如同枕在仙子的臂弯里……文人的行止在这两位大家的身上，已经没有了任何的轻佻和浮艳，也没有杜牧当年深沉的追问，在这个动荡不安的年代，他们甚至都没有一声关于"存亡兴废"的批判的思考，失语失声，拘谨得如同未经世面的小青年。

各种形态的文化在秦淮河畔交融、碰撞，书摊、影院、药房、酒楼、百货、茶馆、小吃、古玩、照相馆，纷纷在这里抢占市场份额，戏茶厅内京戏、文明戏、新式话剧、好莱坞电影、大鼓、说书、评弹，各种艺术形式，争奇斗艳，"小彩舞"（骆玉笙）曾在这里说唱京韵大鼓，严凤英在这儿登台学艺黄梅戏，小公园附近的太平洋咖啡馆里，宋美龄招待过外国客人吃西餐，国民政府主席林森到萃古斋淘古董，还有流浪艺人街头卖草药，报人记者在奇芳阁吃干丝……

夫子庙走下祭坛，秦淮河褪却香艳，它俩合二为一，夫子庙就是秦淮河，秦淮河亦是夫子庙，共同营构平民色彩的最辉煌和文人流连慨叹的最佳地。

秦淮河依旧是一片笙歌明月，依旧是夹岸河房，依旧是画舫欸乃，只是灯笼里燃明的是灯泡，驱动画舫的是电瓶，弥漫在河上的是卡拉OK的声响，再也看不到芳草连天，它不再充满野趣和激情，但也不再会发生凄婉缠绵的故事；石坝街上深深浅浅、高高低低的旧楼破院没有了踪迹，满眼是崭新的繁华，人们在这儿乘游艇、买花灯、品小吃，阅读历史和文化，体验这盛名天下的河流两岸的繁华与绮丽。

没有了旧院的寻访游宴，没有了伧父权贵的恶浊，没有了柔弱女人的陪衬，秦淮河已经解构了原有的文化精神，滥觞为特定历史和文化的一种读本；盛世的欢歌是理所应当的，平民的自娱自乐，文化人的旅游感怀，不同价值取向的不同行为模式，在这儿都有各自的认同，所愿这些不要成为后人叹息的题材，也许这就是今日秦淮河的真正价值所在。

残垣明故宫

  又一次走进明故宫，站在它北边空阔的操场边缘。

  时值仲春，季节回暖，地气上升，在宽阔的青草坪上，几十个少年奔跑跳跃，把形状各异、五颜六色的纸鸢鹞子，一次又一次执着地放飞到天空中，偌大的空间回响起一阵阵欢声笑语。我熟悉这个场景，若干年来曾不止一次地停下自行车，欣赏这春日里的青春欢笑，心里始终有种复杂的情感在荡漾。

  这是昔日的紫禁城苑，皇宫大内的所在地，有肃穆森严的

气氛和严格的保安措施，是不容任何外人出入的禁地，而如今一茬茬无忧无虑的少年郎，用他们的快乐和欢愉，在这里散发他们的热情，没有任何禁忌和顾虑，全然不理会脚下昔日的神圣和庄严。这无疑是翻天覆地的变化，也是历史走到这个层面所应该有的结果，抬望眼，朝阳门（现中山门）近在咫尺，葱郁的钟山也如屏风一般矗立在不远处，历史迈过了几百年，人间换过几番风景，可是原先雄踞在这里的气势恢宏的建筑群却已消失殆尽，连历史氛围和文化气息都完全不存在了，是不是也有点不够正常？

隔街南望，苍茫的午门矗立在那里，缄默不语，斑驳的墙体上垂披着满身的翠枝绿条，上面的五凤楼罹难于战火后，至今没有得到恢复，光光的模样让人觉得有种残缺之美的沧桑。穿过马路走过去，只见在原三大殿（奉天、华盖、谨身）的遗址上，许多残破的柱子、石雕、石碑、石构件和御花园假山卷门，散落在水杉林中，忽隐忽现，像一个个历史的谜团，让人猜不透内中的曲折和故事。这些零星的遗存和午门及两侧的左右掖门，被包围起来，形成一座明故宫遗址公园。

午门内的内五龙河的桥面青石被人踩得分外光洁，映在水里的拱形桥身依然有着优雅的弧度，蹀过桥去，便可挨近巍峨的午门墙体，三个门洞敞开着，高高的拱顶依旧保持着它整体的严正，没有了大门，也彻底消失了启闭时的嘎嘎声响，但门洞里面依然有一派褪不去的森严气氛，站在门洞的阴影里，朝光线充足的南北眺望，已听不见孩子们的笑闹声了，但仍可见他们跑动不歇的身影，心里那旧有的感怀再一次不由得从心里涌上来。

历史是不是儿童放飞着的风筝，惹得人们用长长的思索去牵挂着遥远的那一头？

　　南京被称作十朝古都，六朝的东吴、东晋、宋、齐、梁、陈，五代南唐，大明以及清末的农民政权太平天国和中华民国，都留有建设首都的历史遗迹，而明代定鼎于此拓建的宫城，无疑是历代皇都建筑中最为引人注目的。从至正二十六年（1366年）朱元璋下令筑应天城，作新宫于钟山之阳，到永乐十八年（1420年）秋朱棣迁都北京，这儿成为洪武、建文、永乐三个朝代共50多年的统治中心，其后200多年做了陪都的角色，金碧耀眼的宫殿以皇家的非凡气派，沉静在蓝天白云下，相沿相续了近三百年。

　　元末群雄问鼎，乱世纷争，到天下大体可定之时，朱元璋就开始了首都的选择。洪武元年（1368年）八月朱元璋下诏："朕观中原土壤，四方朝贡，道里适均……其以金陵为南京，大梁（开封）为北京，朕于春秋往来巡狩。播告尔民，使知朕意。"实行古已有之的"两京制"。在确定金陵和开封作为两京的同时，一度考虑以自己的家乡作为中都，最后决定定都南京，朱元璋的自豪之情溢于言表："朕当天地循环之初气，创基于此，非古之金陵，亦非六朝之建业也。道里之均，万邦之贡，顺水而趋，利亦久矣。"

　　好一个"利亦久矣"的美好愿望！诚如这位新皇帝所言，龙盘虎踞的地理形势和悠久的人文历史，六朝烟水的佳丽之地当得起他的依托。周长九十六里，东尽钟山之南冈，北据山控湖，西阻石头，南临聚宝，贯秦淮于内外的新都城建成后，它的形制、规模、疆域等蕴含的诸多气象，的确与前朝的宫阙大不一样，后人也作出了客观公正的评价："信分裂偏安之迹，与混一全盛之规模，迥别如此。"

　　作为新都城的核心建筑的皇宫，旧名皇城，偏安于南京城的东隅。据记载，当时的规模，前殿后寝，壮丽崇宏，南北长五里，东西宽约四里，呈长方形，凡二重，外重六门，正门曰洪武门，东南为长安左门，西南为长安右门，西为西华门，东为东华门，北为玄武门。皇城之内为宫城，相当于北京紫禁城，南面正门为午门，旁有左、右掖门二门，西面为西安门，旁有西上南、北二门，东面有东安门，旁有东上南、北二门，北面有北安门，旁有北上东、西二门。

为了实地想象和感觉昔日的辉煌，我曾骑车从明故宫向南，沿着御道街踩到目光所及的光华门外护城河边，回过身站在昔日的正阳门所在地向北眺望，然后踱到一个缓坡的坡顶再略略往下走几步，立在十字路口的稍北处，差不多就是昔日明皇城的洪武门所在地，纵目眺望。

目光顺着笔直的御道街，越过无数通行其中的车辆，可以看到外五龙桥和背后的午门。

这是一条昔日贯通皇城南北的中轴线，自南至北以脚下的洪武门为起点，依次为承天门、端门、午门、奉天门，奉天、华盖、谨身三大殿，以及包括奉先殿、柔仪殿、春和殿、乾清宫、坤宁宫、御花园的后廷，直至后宰门。如果有足够的想象力，便可知道在略有坡势的通衢大道两旁，几百年前明初政府机关分布而列，东边是工部、兵部、吏部、户部、礼部、宗人府、翰林院、詹事府、太医院的办公地点，西边是太常寺、钦天监、锦衣卫、都督府的驻地。而午门大内的五龙桥北一条东西横轴上，自东至西依次为东安门、东华门、文华殿、三大殿（奉天、华盖、谨身）、武英殿、西华门、西安门。此外，在承天门、端门、午门一线东西两侧，则建有太庙和社稷坛。

从东到西，扫过已成民居的片片水泥建筑和成排浓荫的行道树，依稀可见钟山的山影，几百年前这片有5余平方千米的地方竟密集了这么多殿宇、楼阁，呈十字状排列在一起，万户千门，该有多强的视觉冲击力！这些巍峨雄伟的建筑所显示出来的恢宏气势，真是前不见古人后不见来者，仅就规模而言，它绝不是背倚鸡笼山和玄武湖的六朝建康都城可比，也不是南至虹桥（今内桥）北至小虹桥（今卢妃巷北口）的南唐江宁宫阙可及，这非同凡响的格局，为其后北京明清两朝的紫禁城所承袭。

朱元璋避开了六朝和南唐宫城的遗址，无疑是睿智的。他不在这些短命王朝的废墟上建盖新的政权大厦，从堪舆的角度，从前七个短命王朝的废墟上，有太多的墩堑创伤和洼地池沼，这些已经断了地脉，泄露了王气的旧址，是不利于新政权的长治久安的。若再一次地大规模拆迁，那将是更大的劳民伤财和王气的更大外泄。新建一座都城会比在旧址上重建有更多的综合考虑的优势。他要全新的构局，他要紫气东来，他要背靠山峦，他也要在百年之后葬在钟山之阳。经过无数次的勘察、无数次的比较选择，他终于发兵20万填了古城东边一片叫燕雀湖的水面，在这儿铺开皇宫的蓝图。

也幸亏朱元璋的这一决定，南京城得以冲出狭小的地望，连锦迭张地铺排在钟山脚下，从而张扬开它沉雄的气势。

《广志绎》把洪武皇帝的考虑说得明明白白：

> 宫城填浮土而弃故墟，或疑其故……历朝以来，都宫郡邑迁徙靡常，城隍墩堑填塞代有，以故洼池渠沼，满眼皆是，地脉尽泄，王气难收，六朝奄忽，有自

来矣，欲尽弃之，则室庐衢市，人情重迁，不若退卸
稍东，挨钟山而填燕雀。昔人谓："池湖积水，四世不
流。"又谓："山高一丈，水深一尺。"故雍塞各土，承
受完胎，免其腾漏，非无自也。

然而百密一疏，朱元璋对皇宫的选址远较对自己陵寝的安排
要粗疏许多，从整体建筑的水平面来看，湖面阔大的燕雀湖没有
填垫得更高，致使大内略显低凹，而南面洪武门则要稍高于此，
让连接前门与大内的御道形成明显的一条坡路，开国君王后来也
坦承了这一失误："宫城前昂后洼，形势不称。本欲迁都，今朕

年老，精力已倦。又天下新定，不欲劳民。且兴废有数，只得听天！"

这个失误是明显的。仔细审视皇城的方位，它并不正依钟山，而只在钟山的东南向，背倚的富贵山，是钟山的一条余脉，一座仅高 87 米的小丘，因此《广志绎》的作者又说："当时若更东去四五里间，直金门南下之处，铺唇展席，余气隆起，正坐钟山，四顾静定，如船泊岸，留湖水旧城以为下手，此其居中得正又不啻百倍。"

朱元璋听天由命的结果是，他本人在这个地方前后待了 31 年，他的孙子朱允炆和儿子朱棣先后在这儿只统治了 23 年，就将王气带到了北方。如此算来，洪武、建文、永乐三代在这儿的时间与六朝平均一朝的短命差不多。朱元璋绝对想不到他辛辛苦苦围圈起来的城池和费时费力建起来的皇宫，只辉煌了 50 多年。难道真个是人算不如天算，金陵的王气被千古一帝的始皇帝，凿钟山疏淮水，泄落得一干二净？大明的江山绵延了 276 年，那是迁到北京以后才有的命运，崇祯皇帝吊死在煤山之后，在这儿建立的南明小朝廷的喘息更为短暂，只有一年的时光。冥冥之中，真有个看不见的幽灵，让所有在这片土地上称王称霸的王朝都不长寿？

永乐皇帝在炮火声中将侄儿从这里赶跑，用暴力镇压了所有的反革命，然后避开江南士子怪异的目光和先皇老子在孝陵的余威，远走燕北，定都北京。南京作为陪都，继续保持相应的一套政府机构，这是近承先皇的两京制，远袭千年以前周代的安置。明故宫午门内外继续敲响着巡夜的竹梆声和车马嘎嘎、软轿的吱吱声。但这一切只是某种象征，一种稳定政治秩序的策略罢了。

明故宫阅尽人间的威宠而渐趋冷落，日甚一日地憔悴在自然损毁中，英宗正统十四年六月风雨雷电，"谨身、奉天、华盖三殿灾"，宪宗成化二年九月，"南京御用监火"，三年六月"雷震南京午门正楼"，二十一年五月"南京大风拔太庙树，摧大祀殿及皇城各门兽吻"，世宗嘉靖元年七月"暴风雨，江溢，郊社陵寝宫阙城垣皆坏"。一座被冷落的皇宫，犹如打入冷宫的美人，只好在风雨中一年年地衰老下去。王国维说："最是人间留不住，朱颜辞镜花辞树。"对偌大的一片建筑群来说，也同样如此。

明清易帜，南京和平解放，空荡荡的宫城内外正是驻军的好地方，梳着大辫子的八旗骁勇纷纷在此安营扎寨，饮马御河，并在大内里面修筑了一道防城墙。清人陈文述有《明故宫遗址今为将军驻节处》一诗："当年帝子宫槐陌，今日将军细柳营。"这种翻天覆地的变化，包容着无尽的沧桑！尽管太祖皇帝有天大的魄力和胆识，不在六朝和南唐的旧址上新建皇宫大内，而是要新建一个希望万世不朽的政权家业，但也无改历史车轮滚滚向前，依旧会落到"六朝往事都如此，江水东流无限情"的窠臼里。

没有了权杖，没有了尊严，也没有了特别的维护，再辉煌的业绩也挡不住时光的摧折，岁月的侵蚀让重重楼阁伤心流泪。明末清初的孔尚任在《桃花扇》中，除了有对孝陵荒败的描述，也有对明故宫的直接描写："那皇城墙倒宫塌，满地蒿莱了""南内汤池仍蔓草""[沈醉东风]横白玉八根柱倒，堕红泥半堵墙高，碎琉璃瓦片多，烂翡翠窗棂少，舞丹墀燕雀常朝，直入宫门一路蒿，住几个乞儿饿殍。"

康乾时昆山人龚炜在《巢林笔谈·卷二》"过明故宫"一则中也有相似的记载："谒孝陵还，暮云起而残阳落矣。所过故宫遗址，倍极苍凉，瞥见民居破屋，间犹有拾盖黄瓦者。"

已经到了居民拿皇宫的砖瓦盖自家房舍的地步，真是触目惊心。

康熙二十三年（1684年）冬，第一次南巡至金陵的玄烨，往谒明孝陵，经过明故宫，只见满地离黍，遍地荆榛，这情景让这位大清天子感慨万端，即兴写下心中的感受《金陵旧紫禁城怀古》："秣陵旧是图王地，此日鸾旗列队过。一代规模成往迹，六朝兴废逐流波。宫墙断缺迷青琐，野水湾环剩玉河。治理艰勤重殷鉴，斜阳衰草系情多。"在《过金陵论》中，他还有更具体的形容："道出故宫，荆榛满目，昔者凤阙之巍峨，今则颓垣断壁矣；昔者玉河之湾环，今则荒沟废岸矣！……顷过其城市，闾阎巷陌未改旧观，而宫阙无一存者，睹此兴怀，能不有吴宫花草、晋代衣冠之叹耶！"

感叹归感叹，他在下令保护修缮明孝陵时，却没有提及这片皇宫。在大清皇帝的眼里，他要治理的是控制在手中的天下，注重的是吸取政权垮台的教训，而不是诸如明故宫这样的旧政权象征的具体建筑本身，它坍塌得越彻底对他大清王朝就越有利。衰败的皇宫远远没有孝陵对江南士子具有强大的感召力，知书识礼的知识分子可以毁家纾难，但不能没有祖坟，那是后世子孙的精神家园。明故宫的破败不在修缮范围便是情理之中的事，开国皇帝的祖坟尚且逃脱不了荒芜的命运，一座旧皇城还不在劫难逃？只是它的破败更多些惊心动魄罢了。

皇家的气势和气派，政权的威严象征，在几百年间竟消失殆尽，只剩下残垣断壁，落寞在朝晖夕阳中，让人匪夷所思。追根溯源，明故宫落到这个境地，始作俑者还是朱棣，他不在乎这片建筑，而着意于更大更广的可以海涵天下的广厦，从这一点来说，他既是朱元璋不孝的儿子，更是暴殄天物的败家子。对于这片偌大的产业和资源，他没有从久远的后世去考虑后果，他只为自己的安全着想，重新建个新都城，远比空置的旧皇城重要一百倍一千倍！

明故宫的劫难在经过鼎革之后的两百年后又一次降临，太平天国运动的造反派们，以最彻底的行动让它遭受灭顶之灾。洪秀全定都金陵，改南京为天京，明故宫立即成为新朝宫殿和王爷将相豪门的建筑材料的大仓库，《上江两县志》里清楚地记录下了这个过程："堕明西华门一面城，自西长安门至北安门南北十余里，穷砖石，筑宫垣九重。毁祠庙、坏衙署，夷坛墠，攫仓库，圮桥梁，斫竹木，堙洼峻高，拆上下数百里宫室陵墓坊表柱础，作伪宫殿苑囿，余建伪王府宫廨大小百余所，如是者十三年，工作弗息。"

十三年不间断的拆旧迁挪，偌大的一处皇城宫殿，还能剩有多少筋骨？如果说，朱棣无法预见身后的历史变化，还把南京城作为陪都来看待，那么造反的农民政权就更彻底地与这些人类文明作别，他们不在乎他们前辈所费的心血，而只要满足自己眼前的个人利益。

纵观历史，从古到今，没有一个睿智的政权会从人类的文明遗产角度认真地对待这片被遗弃、被损害的人类心血、智慧之作。从来的农民运动只会破坏而少有建设，"文化大革命"的烈火暴风也是从破坏人类的文明遗存开始的，疯狂地无理性地"打、砸、抢"，拿所谓的"封、资、修"开刀，上演了从古至今一脉相承的破坏闹剧，让人不能不感叹基因恶习就是这么刁顽，虽然城头不断变换大王旗，打出多少"造反有理"的革命旗号，其反文明的本质是无论如何也掩饰不住的。

从午门的门洞里走出来，在这片圈围起来的公园里梭巡，其沧桑触目可见，南面御道前方，外五龙桥的河水近于干涸，桥身桥面也千疮百孔，承天门、端门以及两边的太庙、社稷坛也杳不可寻，沦为宿舍、宾馆、厂房，六百年的时光，风霜雨雪的侵蚀，战火的毁灭，让昔日的威武和庄严都消失得干干净净，现代文明以其空前未有的急功近利的贪鄙，将先人的智慧和血汗大口大口地吞食。

旧殿苔痕，宫门幻影，明故宫的余韵深长而久远。在岁月的风尘中，它被迫不断变换自己的角色，从皇帝起居的禁宫，到兵荒马乱的军队攻伐的战场、平民百姓和乞丐饿殍的栖身地、被拆被毁的建材大市场，以及几十年前的飞机场、军队教练场，再就是今日人们休息娱乐的公园和青少年嬉戏游玩的场所，一茬茬一

遍遍上演悲情的戏剧，再也找不到自己了。当所有的人都可以用手触摸它、摆弄它、损伤它，在它袒露的胸襟上奔跑跳跃、做没有任何严肃性可言的放纵行为时，遗产的尊严和价值就没有了任何意义，历史的严肃性也不复存在。

听说，皇宫大内的地下埋有备件，不知是真是假，诚如是，为什么不进行发掘重建修葺呢？我真是有点饶舌了。

六朝烟水

　　南京是六朝古都，一千六百年前的东吴，东晋，南朝宋、齐、梁、陈相继把这儿当作统治南中国的中心，于是人们喜欢说六朝烟水是古都不死的魂灵，那无疑是说它的文化遗韵，浸泽在城池的山山水水、角角落落，而它们会在不经意间告诉你久远的记忆和历史的痕迹。可是一旦游览过中山陵、两江总督府、莫愁湖、明城墙后，就不由得发现六朝的烟水已经缥缈得若有若无，

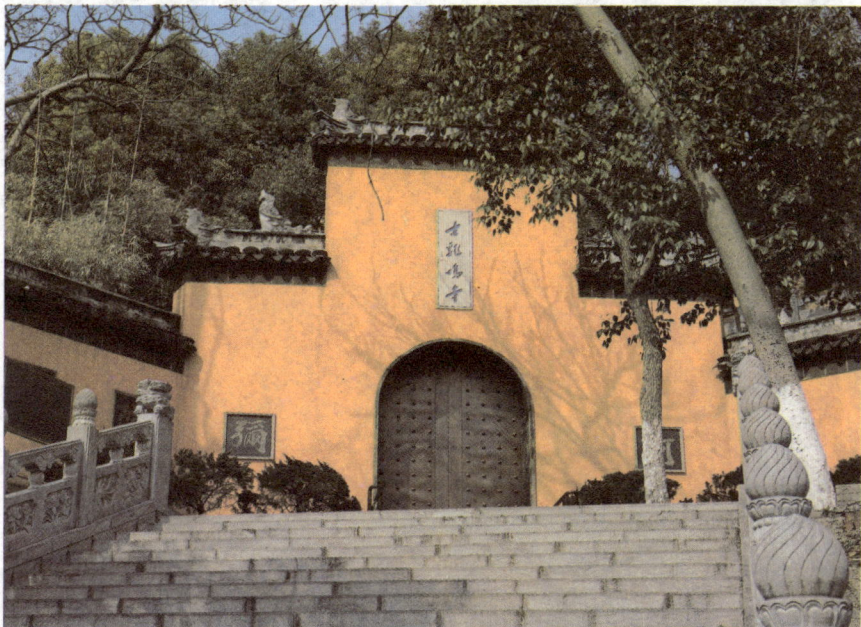

差不多快要淡出人们的记忆之外。无法想象一座城池缺少了历史和文化的记忆，会是什么模样。

去寻觅和遐想六朝古都的风采吧。

雨花台上，梁代高僧云光法师曾在这里讲经说法，感动佛祖，天上落"花"如"雨"；宝志和尚的宝公院，从独龙阜迁往灵谷寺后，那灵魂栖身之地也萎缩得一点也不起眼，这些六朝的风片雨丝，从人们的面前刮过，无法构成对六朝的整体印象。

放眼秦淮河吧。人们常说"六朝金粉，十里秦淮"，把六朝的靡费与秦淮河的畸形繁华相提并论，其实这多少有些误解。十里长的内秦淮在六朝时还没有成为销金窝，远还没有画舫灯船的影子，但这并不妨碍它孕育着潇洒纵情的土壤——东晋的士族大家在河流的两岸纷纷营建深宅大院，贵胄子弟们高视阔步，逞才雄辩，从这儿出发和回归，诸多的国家大事和应对智谋曾在这里酝酿并拉开序幕。长河的记忆里，可有关于六朝的故事？

秦淮河南岸的乌衣巷早已名存实亡，"旧时王谢堂前燕，飞入寻常百姓家"，连同不久前新建的"王谢古居"，通通成了仅供游人遐思的寻常巷陌，伪装成那段历史和文化的符号象征，只给多情的文化人一个想象的历史背影。

桃叶渡口，书圣王羲之的儿子王献之在这儿迎候爱妾桃叶，世人遂称此处为桃叶渡。这番情爱没有更多的文化意义，只是一段男女缠绵的见证而已。可是稍南处淮青桥畔的邀笛步，那才是六朝名士的灵魂附着之地。书圣王羲之的另一个儿子王徽之（字子猷），正是在这儿听到桓伊美妙的笛声的。这是一个充满了率意人生的故事——王子猷船行在淮青二水之处，身旁有人告诉他，岸上坐在车中的那个人就是桓伊。王子猷立即派人上前致意：听别人说你的笛子吹得十分好，能不能为我演奏一曲？这是不拘礼节的名士派头，坦诚得不用任何寒暄。桓伊是个精于音乐的人，被时人推为江左第一，尤擅吹笛，此时他在协助谢玄大败苻坚后，风头正健，尊宠有加，但他听到王徽之捎来的话后，立即停车，当场用蔡邕所制的三尺长笛为他演奏了一首"三调"，也就是后来据传改编为"梅花三弄"的曲子，奏毕翩然而去。自始至终，两人都没有直接交谈过。桓伊以他的潇洒，用同样的名士风度回应了不羁礼数的王子猷，从而书写了一段风流佳话。这就是六朝文人的言行举止，你不得不钦佩"是真名士自风流"这句话。

金陵城仿佛就是王氏父子逞才纵情的地方，唐诗人杜牧说得好："大抵南朝皆旷达，可怜东晋最风流。"六朝的名士们，顾恺之、张僧繇、戴逵、顾野王等，用他们旷达、自信、率性的人生态度，在政治迫害的阴影下，缄口时政，却充分张扬他们的文学、艺术的才华，在社会生活中书写他们的性情风采。顾恺之在瓦棺寺画龙点睛，轰动四方；写下"江南佳丽地，金陵帝王州"的谢朓，是连梁武帝也说三天不读他的诗，就觉得口臭的青年诗人，把登高远望长江绕郭的景色用诗歌吟唱出来，惹得其后的李白由衷发出了"解道澄江净如练，令人长忆谢玄晖"的赞叹。

这座山林起伏、碧水环流的长江边上的古城池，历代的君王被诸葛亮的"钟山龙盘，石头虎踞"的形容所迷惑，选择在这儿建功立业，"虎踞龙蟠帝王州"，以为可以长治久安，可是他们也无不忽视了最早在这里建立城邑的楚威王熊商施下的妖术。公元前333年，他在狮子山北面长江边上的龙湾处埋下黄金，以镇压"王气"，"金陵邑"的称谓让继后的帝王们，在此成不了气候；

其后的始皇帝东巡至此，同样害怕有人选择在这儿与他平分或争夺天下，也发出了一个诅咒——凿钟山以疏淮水，秦淮河的名字长存在中国历史上，它的流水再一次将这座城池的阳刚之气冲刷得若有若无。河水注满了胭脂，成了蔷薇色，同时也充分消解了帝王们的气概，从此在这儿建都的王朝无不短寿，女人气太重了，霸气和帝王气就不可能盛起来，王侯事业付于山峦秀色和流水烟雨，如梦如幻。

南京成为六朝的都城，到底是那些选择有山有水之地的君主的幸运，还是这片有山有水的土地自身的幸运？

在钟山北麓，栖霞山、甘家巷一带广袤的田野中散落着的石刻浮雕，至今还痴情地守望着这片丰腴的乡土，那是它们的家园，是它们的诞生之地。也就是这些熔铸了艺术生命的雕塑，它

们奋飞的姿态、雄浑的气势，无言地展示着六朝的辉煌，让人联想起那个时代中西方文化的交融汇合的潮头。在帝王享乐奢侈的时候，艺术家和工匠们，却得以在艺术的海洋中尽展身手。他们是如此的不拘一格，把瑰丽的想象移注在石头上，用它们的身躯站成一道永不消失的风景，长久地叙说着六朝的遗风遗韵。

又一次来到了昔日六朝的禁苑之地，在覆舟山的南麓山坡，拾级而上，半山的小九华寺已没有了地藏王菩萨的神龛佛像，自然也没有了香火，两株龙头槐在前庭左右两边郁郁地洒下几许清荫。这是一个长条形的山脊，恰似一条倒翻的小船，长长的窄窄的，人们以形命名，取名覆舟山，但是南京人习惯以寺庙来称呼，叫它小九华山。山顶建有一座砖塔，是曾经窖藏过两三片唐僧顶骨的建筑，还有一围石头砌成的平台。

我喜欢在这圆形的矮墙上坐下来，静静地面对东面葱茏的钟山和脚下清绿的玄武湖水，任湖风轻轻地抚摸人的脸、撩乱头发、掀动衣裳，然后缓缓地站起身，极目远眺从东北到西北在城池四周环拱成一圈的山峦。钟山又称紫金山，那是因为山北坡的岩石在阳光下呈紫金色。现如今树木丛生，已无法见到那流光溢彩的景象，只见它双峰并起，然后朝南

舒缓地低落下去，呈露出一个优美的山脊线条。这是一个形貌漂亮的山陵，像一个酣睡的美人，在平原地带兀现出它的奇姿美态，六朝时期，它没有如此葳蕤的树木，风雨、尘埃，人力的培植，终于出落成一个大家闺秀，明眸皓齿，发结高绾。

钟山逶逶迤迤进了城，在金陵城中隆起一溜山脊，自东往西依次是富贵山、覆舟山、鸡笼山、鼓楼岗、小苍山、止于西边的清凉山。而我脚下以及西边一片隆起的山丘恰是六朝乐游苑、华林苑的所在地，连同玄武湖北面红山旁边的上林苑，这三座特大型的宫苑，是动用最好的檀木、沉香木和从新平镇（今景德镇）烧制进贡的陶瓷砖瓦建成的，临春、结绮、望仙三阁，仙宫阆苑，金玉珠翠，富丽堂皇，山丘、湖泊、宫殿成了帝王们恣意游幸、享乐的场所。六朝金粉附丽在这些享乐的硬件上，无以计数的江南丽人如花的面庞、绵软的肉体、婉转的歌喉、飘曳的锦袍绣服，绰约在宫闱、后院和绿荫白水间，湖光山色与人面桃花蛀空了权贵们的意志。

风从湖面上刮过来，撩乱了人们的头发，却把人的烦躁的心澄明下来。玄武湖浩瀚的湖水汪洋，阳光下蒸发出轻淡的薄烟，年年岁岁呢喃在覆舟山、鸡笼山的山脚。这是古代名叫桑泊的水面，比今日玄武湖大三倍的面积，它连通着长江，扬子鳄在这儿出出进进，不断地浮出水面，搏击风涛，宛若矫健的游龙，远古

　　的先人把它附会成了玄武之神。湖西陆地上，刘宋王朝的步兵和骑兵反复冲杀演练，湖中战船林立，五百艘船只排列开来，旌旗蔽空，帆樯林立，号角声声，营构出何等的气势！

　　覆舟山、鸡笼山附着了多少历史的悲情？六朝兴亡，东吴、东晋加南北朝的宋齐梁陈，367 年的时光 39 位皇帝，平均一个朝代 61 年光景，实在太短暂了，与大唐一朝的 289 年、南北宋的 167 年、明代的 276 年、清代的 267 年相比，该是多么短暂的国家生命。

　　这是一段被奢侈、浮华淹没了的历史。好佛的梁武帝大建寺院，甚至三次舍身同泰寺，以佛教为国旨，江南之地遍布他号令天下信仰的记录，南朝四百八十寺也就成了文化的渊薮，积淀在

历史和文人的脑海中。可惜梁武帝最终饿死在台城，侯景之乱，把江南的帝王州再一次推向刀光剑影和血腥涂炭之中。那个曾经填写艳词《玉树后庭花》的后主陈叔宝，在隋兵大将韩擒虎攻破台城的时候，依然没有停止在后宫的宴乐，直到宫门大破，才慌忙地牵着两个爱妃，跳进了宫后的一口枯井。其被后世称作胭脂井，是因为它的井栏石质天生地有着胭脂痕，还是传说因为跳入井中的宠妃的脂粉染就？它至今还残存在鸡鸣寺东面的一个小山坡上，并被后人称为"辱井"，作为一个有关耽于享乐而导致亡国的实物见证。

六朝的帝王奢华靡费，耽于声色，使"六朝"成了腐化享受的代名词。其后的政治家和历史学家们，都毫无例外地引此为鉴，希望继后的帝王不要重蹈六朝的覆辙。

在这片连绵起伏的山丘上，鸡笼山（北极阁）最为苍翠葱茏，透过历史的风云，能够让我们为之礼敬的是在这万木竞秀的小山上，齐朝《神灭论》的作者范缜，与笃信轮回报应迷信至深的名士们的激烈辩论，日服千人。他说人如树叶，随风飘荡，有落在锦被之上的，有落在披屋顶的，还有落在烂泥污淖之中的，全是偶然巧合，不是前世的命运。他敏锐的思想和生动的比喻，是一千多年前最朴素最耐人寻味的人生见解，丛林青草之中，依然回响着他的坚定有力的声音。

这座小山是六朝王宫的后苑，祖冲之在鸡笼山顶的司天台里成功地完成了名为"大明历"的天文历法和圆周率的最早测算。在金陵城西南方一座小小的山头——冶山，那曾是吴王夫差冶炼兵器的所在，刘宋王朝依山势建造了一座总明观，并集中了全国著名的文人学士，为他们分别设立了儒学馆、玄学馆、文学馆、史学馆，从事社会科学的研究，这是专制制度下人文学科的一次弘扬。

在这片山峦起伏的地方，秦淮河自东南往西北滔滔而下，青溪诸水蜿蜒流淌，在北方十六国不断割据对垒的战事中，纷纷南下避乱的人口集中在水环水绕之处，一时竟有参差二十八万户人家，百万人口聚集在这座江南大城里。改道青溪、开凿运渎，水上交通的便达与农业的发展，两三百年相对承平的年月，优越富庶的地理条件，给建康城带来了更大的繁荣。都城城池越造越大，孙权的太初宫、孙皓的昭明宫、司马衍的建康宫，一座赛似一座，偌大的宫城四周先后建有若干小城，武定桥东南的丹阳郡城，朝天宫西南的西州城，通济门东北的东府城，幕府山南的白下城，仿佛是卫星拱守，把这六朝的中心渲染、衬托得壮美非凡。

　　这是一片奢华又无比清新的地方，帝王们喜爱它的富丽，文人学士热爱它的风土人情，有着风格清新称誉的庾信在北方被羁绊住了脚，还无限深情地把他对家乡山村水郭的回望留存在《哀江南赋》中。

　　六朝的宫掖没能挺住风雨的斑蚀，"野花黄叶旧吴宫，六代豪华烛散风"。明代的朱元璋，依自然之势把逶迤的山丘囊括进了城垣之中，北山下修建了城墙，把连天白浪的玄武湖水作为它的护城河，如同利用外秦淮河作为南面城墙的护城河一样。玄武湖的湖水北退了，苍茫遒劲的城墙给了这片湖水以无限的安慰，就像勇士怀中的护心镜一样，澄明了山色也澄明了江山，千百年后也澄明了后人的眼睛和心灵。这是风光的旖旎和雄奇，是"阴"和"阳"的两相神奇的结合，是动和静的和谐共处，是桃红柳绿、青山葱郁、湖水湛蓝、宝塔耸峙相互映照的自然图画。古城墙从

钟山脚下蜿蜒而来，顺着脚下又无声地朝西伸去，灵巧地拐出个优美的弧度，直抵北面的神策门（今和平门）而去。苍茫的城墙上，小树、杂草，顽强地长出历史的痕迹来。这是六百多年的沧桑啊，在台城至太平门一段，不论从什么地方都能静静地读它，摞摞叠叠而成的坚硬的城防，在人们的心里掂出厚厚重重的历史来。

如今，吴宫花草，晋代衣冠的沧桑旧事早已烟消云散，夕阳静静地悬挂在城墙的上方，以它橙黄色的光芒，把湖水染成一片金黄，同时在城墙的遮蔽下抹出一片幽暗。耸峙的城墙用它褐黑的色彩和大片平静而又明亮的湖水，交构成古老和青春和融的画面，十分耐人寻味！

夭折的朝代随着雕梁画栋的朱颜改变了颜色，可是山岩依旧，湖水年复一年地拍打着堤岸，"无情最是台城柳，依旧烟笼十里堤"，多么令人感叹的历史，一份无可奈何的告白。

同泰寺旧址上的七层八面的药王塔，高耸天际，散射出宁静和安详的气势，湖风阵阵，送来了和暖温馨的气息，临风而立，晚年定居金陵的宋代诗人王安石的《桂枝香·金陵怀古》跳上心头，默诵后半阕中的几句吧：

"千古凭高对此，谩嗟荣辱。六朝旧事随流水，但寒烟衰草凝绿。至今商女，时时犹唱，《后庭》遗曲。"

蹀躞应天府城

　　"台高出城阙，一望大江开。"

　　明末清初，金陵画派的代表人物龚贤，与他的朋友费密同游城西的清凉山，在山之巅的清凉台上，饱览金陵形胜，即兴吟诵了这样的诗句。几百年后，新金陵画派的代表人物傅抱石画了一幅山水，高台之上，二人临风望远，山崖下是一抹城墙，极目处长江静如澄练，意境空阔，脚下的石头城，在树丛山岩的掩映之中，屹立着苍茫的身姿。在画作的左角，画家题写了龚贤的这两句诗。

　　"台高出城阙"，并不是金陵城西独有的形胜，它实在是南京古城最有代表性的地理特征。无论是西边的清凉山、东南边的凤凰台，还是东北的鸡笼山、覆舟山、富贵山以及城西北的狮子山，它们的外面都是城墙横亘，格局与傅先生笔下的图画仿佛。

　　一个多么富有诗情画意的城池格局。在浓郁苍翠的树木和山岩的环绕中，浑朴苍凉的城垣绵延其下，既有巍然的形势，又有围抱的安全潇洒。山形地貌是自然之工，而城堞的耸立却是人工的伟力，两种同样雄浑风格的结合，体现了一种自然与人的和谐、壮美，这天地之间的鬼斧神工和人文造化，是十朝古都所独有的，它营构了山林城市最大也是最重要的风貌特色。

　　龚贤和费密脚下的城墙，是在石头城的旧址上于明初砌造的。现存的一段赭红色的砂砾山岩，峥嵘瘢痕，人们称之为"鬼脸城"，它是公元前333年楚威王熊商在此建城金陵邑的唯一的遗迹，也是其后五百多年的吴国都城的遗址。不尽而来的长江水直扑这片嶙峋峭壁，拍打着它魁伟的身躯，年长日久形成了怪异的地貌，从某个侧面看去形似一只蹲立的老虎，于是人们形象地称之为"石头虎踞"。它叙说的久远的城池变迁的故事，提供给了人们一个凭吊怀古的话题，晚唐诗人刘禹锡在公元9世纪初来到金陵，写下了著名的《金陵五题》，内中就有关于石头城的一绝：

　　　　山围故国周遭在，潮打空城寂寞回。淮水东边旧时月，夜深还过女墙来。

　　可熊商的金陵邑，并不是南京最早的城垣，城南聚宝门外长干桥西南的地方，曾有过一处叫越城的所在，那才是南京古城最早的地望。当越国灭了吴国之后，上大夫范蠡在这儿筑了土城，那同是濒临秦淮河和长江两条水系之间的城垣，只是岁月流逝，两千多年的时光，淘汰了那座原本是土墙的建筑，风吹雨打坍塌了远古的文明遗存。

　　金陵邑和石头城在清凉山的后山没有了踪迹，之后历代天子所居禁省逐渐东移，宫苑集中在中华门往北，内桥至洪武北路的一条中轴线两侧。在六朝时代的三百多年间，这儿变成了都城西边的城垣，几百年过去后，南唐时代长江逐渐西移，石头城寂寞而又孤傲地立在那儿，任凭风吹雨打，再也显不出它在军事上的深邃大用了。一座奇险的绝壁就这样在大自然的轮回之中，带着昔日的荣耀和无限的沧桑，渐渐地沦为平俗。

　　给南京留下历史性荣耀的是明代的应天府城。它历经了六百多年的风风雨雨，满身疮痍，却又顽强坚韧，它宠辱不惊，看着

全国重点文物保护单位
南京城墙
清凉门

张扬着不同颜色、图案旗帜的军队杀进杀出，血光战火后的升平，以及盛世后的繁华侈靡，在城墙内外映现，它更像一位睿智的老人，在静默中等待，期待着容颜焕发地向你娓娓叙说它经历的一切——荣光和挫折，兴奋和失望，骄傲和遗恨……

从玄武湖畔南入口处的解放门登上修复好的 1700 米长的城墙，那是用六百年前的砖，在六百年前的遗址上，依照六百年前的格局，恢复的一段明城墙。巍然庞大的身躯，静立在青山绿水之间，几十斤重一块的城砖，层层摞压在一起，砌成墙、雉堞和宽阔的驰道，像一条手臂从鸡鸣寺的台城一直延伸到钟山脚下，高墙的平台和陡壁上，长着小树、车前子和不知名的野草，更行更远还生，亦有长长的野藤蔓缠绕在砖缝中，极有生命力，城墙的另一条手臂则朝西默默顽强地伸向前去，仿佛直至远处的狮子山下，它是那么有力，把明镜似的玄武湖的湖水，深情地抱揽在怀中，就这么静静地伸展在大地上，一动也不动。

应天府城是朱元璋的大手笔，当年他接受了谋士朱升"高筑墙，广积粮，缓称王"的建议，在攻下金陵后没有立即称王，而是开始了城墙的修筑。

这可是个被诸葛亮称为"钟山龙盘，石头虎踞"的好地方，六朝的三百多年中，朝代更迭，出了四十多个皇帝，朱元璋迷信这儿出龙子龙孙，偏偏不信在这儿建立政权的短促寿命的历史，而要在这儿长治久安，让他的大明的火焰永不熄灭地燃烧，如同太阳一样光耀天地。他毫不理会李商隐"三百年间同晓梦，钟山何处有龙盘"梦魇一样的声音，他自负得不同凡响，以他帝王的雄横霸才，不止一次地梭巡在这块风水宝地之间，把长江和秦淮河交汇冲积而成的土地上的所有的山和水都囊括进城中，犹如把天下才俊之士都收入彀中一样。六朝、南唐旧时的宫苑被包容在城垣蓝图之中，然后再向东、向北扩展，营造出一个令天下为之震惊的特大城垣，从而把他的气魄留存在这片山峦起伏的土地上。

朱元璋喜欢这个有山有水的地方，他也曾巡察过江北洪泽湖畔一个叫作盱眙的地方，并把他的曾祖、高祖安葬在那儿，至今明祖陵依然是苏北地区最大规模的皇家陵园。那同样也是个有山有水的好地方，可是他在最后还是选定了这虎踞龙盘之地，于洪武二年（1369年）正式修建应天府城。他那样的不拘一格，不讲究方正通圆的阴阳道理，只服从一个原则，就是城池的坚固，依山傍水，易守难攻。它东尽钟山之南岗，西阻石头城，把秦淮河下游长江岸边的丘陵高坡富贵山、九华山、鸡笼山、鼓楼岗、狮子山、清凉山等大大小小十几座山岗制高点都圈进了城内，还有

秦淮、青溪、杨吴城壕水系。北面据山控湖，鸡笼、覆舟山下是辽阔的玄武湖，城东是燕雀湖，西北卢龙山（今狮子山）下长江为堑，南则贯秦淮于内外，西边石头城外是大江，形成了一个南北长、东西窄的城池格局。

"台高出城阙"，城阙外有护城河，那就牢不可破了。这辽阔的城垣版图，长达几近34千米，一圈围下来竟有60平方千米之巨。在中国历史上没有哪个帝王有着如此雄浑的气概，南京人目睹了这个现实存在，世界上谁能够超越这个气魄而不为之气短呢？还有什么东西与之相比值得大惊小怪呢？

这铁桶一般的城池，周遭共有13座能与外界交通联系的城门，老百姓一时无法记住这么多钦定颁布下来的名称，便编成了顺口溜，牢牢地印在脑海中，一代一代往下传——"神策金川仪凤门，怀远清凉到石城，三山聚宝连通济，洪武朝阳定太平"，外加一个钟阜门，合为十三门。城里、城外一切有关政治、经济、文化、社会生活等方面的联系，依靠蛛网般的进出通道，在陆地和水上充分地展开。

偌大的城池，随着社会的进步，交游沟通的需要，原有的十三门显得不够便利了，于是又陆续新开了一些城门洞，中央门、草场门、汉中门、雨花门、武定门、玄武门（又名丰润门）、解放门、新民门、集庆门、挹江门便出现在南京的城市地图上。

应天府城不愧是世界上最大最长的城垣，朱棣从他侄子的手中夺去江山，迁都北方着手扩建的巍巍的北京城，也无法与长江南岸边的旧都相比，明成祖不敢僭越老子的蓝图，他怕先人的白眼和世人的诅咒。看看朱元璋的聚宝门城堡吧，也许会有更为深刻的理解，这是明城墙中最为壮观的城堡，是背倚长江朝南的最具气势的政权象征。

聚宝门（现名中华门），传说是因为此门屡建屡倒，最后叫藏有聚宝盆的沈万山将他的宝贝埋在地下，才得以建起这南面的锁钥之门。昔日的秦淮河是条河床宽阔、怒涛翻滚的水系，临近长江入口处的河段上，原有二十四座浮航，大水在城东分为两脉，弯弯曲曲同向下游奔去，然后再在入江不远处合二为一，汇入长江。二水时近时远的最近弯环处，便是聚宝门这个地方，南唐在此筑造了南城门，再沿着它的中轴线往北修筑宫苑。朱元璋对这个南大门格外地重视，他要在这个河床松垮、地基极其松懈的地方，建造世界都可能为之惊叹的最大的长方形城堡，三道瓮城，四道拱门，一万五千多平方米的建筑面积，两侧各有登城马道，上下两层27个大型藏兵洞，它所承受的重量、地基的压力，都是前所没有的，那么难怪会一再倒塌，在经历了无数次的失败，有了聚宝盆之类的民间传说后，方才挺起身来，这座用于军事的设施便有了一个聚集财富的名字——聚宝门，它更多的是耗费了无数的人力和巨大的财富，也就有了更大的历史价值和军事价值。它的身后是近30米宽的内秦淮，前面是120多米宽的外秦淮，一个天然的物资军需的集散码头，自然也是生财聚富的宝地。

除了聚宝门，格局规模相仿佛的城堡还有东边的通济门，至于同时拥有水陆两座城门的，则是可以直接连通长江之水的金川门。

除了用青砖巨石圈围了城内的山和水，朱元璋的蓝图中还有更宏伟的设想，他想把城外钟山以及南面连绵起伏的山峦，也一同圈围进来，他付诸了行动，但是青砖巨石一时难以齐备，于是在更大范围采用泥土代替，南京城垣外郭多了一圈土城，土城门

的城名也随之颁布，它们是：观音门、尧化门、仙鹤门、麒麟门、高桥门、大小安德门、江东门、上元门、沧波门、夹岗门，连同现已消失了的上方门、凤台门、大小驯象门、外金川门、佛宁门、栅栏门一共十八门。

在一个农业经济社会，帝王最大的愿望就是社会的稳定，江山的长治久安，朱元璋煞费苦心建造世界最大的城垣的目的，也是希冀能够把他开创的基业千秋万代传下去，直至永远。坚固的城池会有多大的作用呢？在冷兵器时代，它的易守难攻是显而易见的，可是一旦政权从内部腐烂，那是任何城防都无法护卫得住的，这应了一句古话："兴废由人事，山川空地形。"可不是吗？巍峨的石头城，没有能阻挡王濬的大军从上游直下金陵，东吴终于"一片降幡出石头"；台城的耸峙也没有护佑唱着《玉树后庭花》的陈叔宝，和两个宠妃一同在后宫的胭脂井中被隋朝大将韩擒虎捉拿；南唐的李后主，一位出色的业余诗人，在"雕栏玉砌应犹在，只是朱颜改"的哀怨声中，一步一回头地走向异国他乡；朱元璋的应天府城墙，世界上最长的城垣，在主要城门全部完成后的16年，即

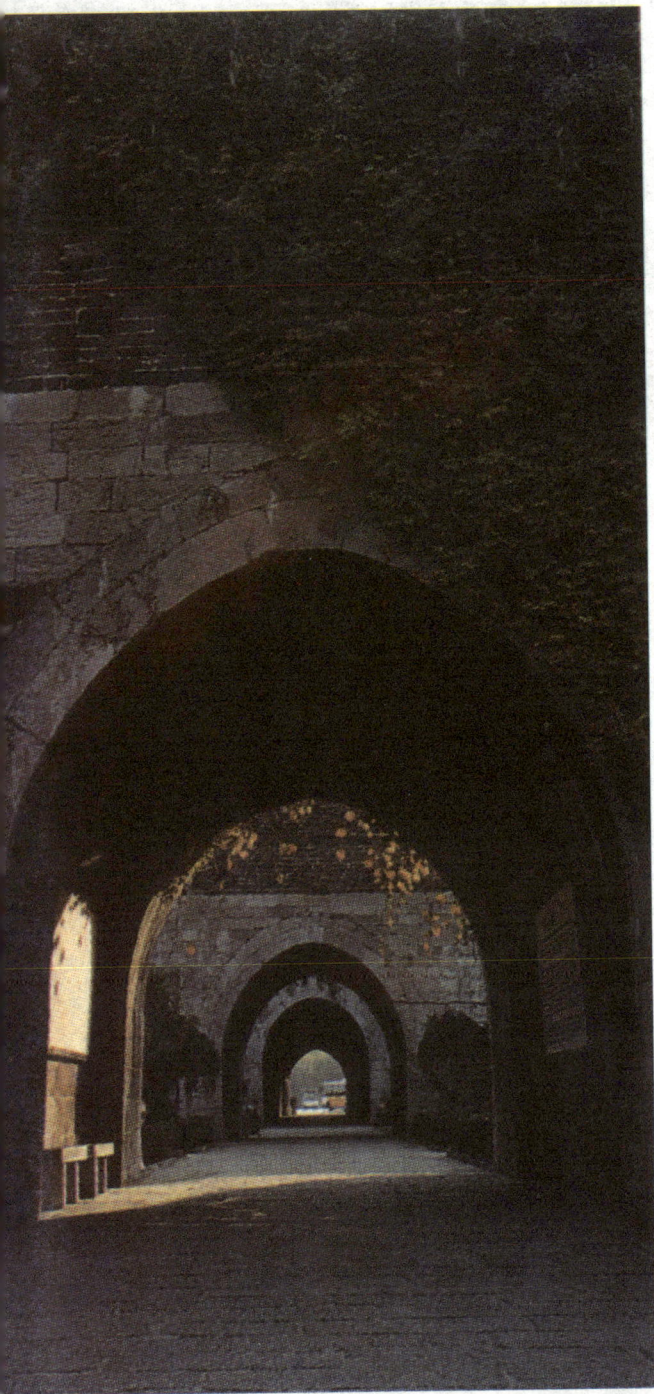

朱元璋死后 4 年，城墙的墙砖还没有完全消失掉它的灰浆气，就被朱棣的铁骑杀进了城；明清易代之际，南明的小朝廷也无法凭借祖宗的遗产，延缓多铎的清兵南下的速度。

回首历史，城墙只是一个人类文明的象征，是人类杰出的文化遗产，应天府城用三亿多块二十多斤到四十多斤不等的青灰色和细密的陶瓷质地的长方形砖块，沿山近水蜿蜒成了一条 14 至 21 米高的、无始无终的不规则的高台驰道，护卫着天子居住的都城，它是长江中下游 150 多个府（州）县提供的、有文字责任状的劳动成果，是几十万军士数年被奴役的结果，它是专制制度的产物，是帝王的至高无上权威的体现，而它的结构、建筑方式，它的排水系统、防渗技术，它的艺术风格、工艺水平和审美特点，无疑是智慧，也是血泪。面对这人工的纪念碑，仔细地审视还可见石灰、桐油、糯米汁或蓼汁搅拌成的特强黏性剂渗落壁间的胶液，这时我们就仿佛听见垒石夯土的声音穿过历史的时空，经久不息地回响在南京城的上空，滚动在我们后人的心头。

鸡鸣寺的北面，另有一段200多米的城墙，与毗邻的明城墙有着明显不同的质地，它就是人们俗称的"台城"，一处在通史和文学史上甚为有名的地方。台城原是皇帝居住的禁省，但六朝的宫苑还没有向北扩展到这儿，它只是建康城的一段外城墙而已，可是人们习惯性地称之为台城，就连我们的先贤圣哲也愿意这样以讹传讹。比刘禹锡稍迟的乾宁进士韦庄走过这儿，挥笔写下了与刘禹锡的《石头城》异曲同工的名篇《台城》：

江雨霏霏江草齐，六朝如梦鸟空啼。无情最是台城柳，依旧烟笼十里堤。

在文化人的眼里，故垒、旧城成了怀旧的载体，抒发的都是朝代更迭的事实和沉甸甸的历史叹息，不论是"三百年间同晓梦，钟山何处有龙盘"的质疑，还是"人世几回伤往事，山形依旧枕寒流"的无奈，抑或是"无情最是台城柳"的哀愁低回，这内在的感怀、思考都是一样的。

城墙围住的是一个空壳的政权、一个永乐后的陪都，没有了王气的滋润，没有了实际的功用，没有任何承载，它就被荒废了，坍塌在时空中，它的厚重、浑朴、敦实，只与野草、藤蔓日

复一日地厮守，静静地，像一个白头宫女，只剩下"闲坐说玄宗"的份了。

朱元璋圈围进来的这方土地，成功地把山和水融为一体，美丽而不失雄浑的大家之气，南京人有了这方水土的护佑，可以处变不惊、安享生活了，没有什么比拥有一个美丽而又历史文化丰厚的家园更值得今人庆幸的了。

不论是在解放门、台城的驰道上放飞风筝，还是在中华门城堡观赏齐天鼓乐，在神策门的滨河公园陶冶湖光山色，我们都能充分感受到智慧和文明带来的心灵依傍和满足。在汉西门的城墙遗址处，爬山虎翠绿的叶片遮住了六百多年历史的苍茫，一个行走摇摇晃晃的孩子，正穿过城门的隧道，从暗暗的城洞里走出门来，洋溢着一脸童稚的笑意，这情景十分耐人寻味。在利用残存的城垣建成的市民广场上，厚重的基石，以它的沧桑围堰成了一方无比安宁的乐土，人们把身体放松在绿色广场的椅凳上，在现代化的环境中，充分地体验古老文明的气息，面对城墙遗址———一块块书籍般厚厚的城砖，人们以前所未有的休闲心情在阅读文明和历史，阅读我们先人的智慧和才能，这一份静谧和安详可以转化为更好地面对未来的能量，不信，我们可以从容地踱上数十级台阶，登临古城墙四下纵目，高墙的前后左右是崛起的森林般的高楼大厦，如梭的车辆穿行其间，交织成现代生活的快节奏，抬望眼，还可见永远年轻的湖泊、树木、不老的青山。

巡礼钟山

　　我常常在目力所及之处，翘望我所在城市东边的那一片翠色的山峦，看它淡青、深绿的秀色，看它安详、静谧的容止和它起伏蜿蜒的生动的山姿，因它而派生出的一系列风光名胜，使方圆几十千米的地方处处充满了让人吟咏不尽的优美和幽静，让人浮想联翩。它是庞大厚重的历史文化读本，供人们阅读、品味、欣赏、流连，因此我也常常情不自禁地为生活在这片土地上的人们高兴，更为自己能常常面对这片青山而庆幸。

　　这就是被人称作江南四大名山之一的钟山，南京城东的一片翠色如黛、秀美神俊的山峦。而每当我想到这个层面，我也常常不由自主地想起这座青山的知音之一、北宋的政治家、诗人、文学家的王安石来。在我的记忆中，没有一位杰出的人物，能像这位被其政敌称作"拗相公"的人热爱这片山林。本是江西人氏的王安石，在北宋的政坛上干出一番轰轰烈烈的改革，辞相以后，就定居在金陵城东、钟山脚下的半山园里，日夕徘徊于此，在山脚的小路草埂上踟蹰，在林木掩映的古寺里读经，把这座山峦当作本大书来读，当作知音来交流，在晨昏夕照中与青山相看两不厌，然后把读山、游山的感受、怀想，融进血液里，写进100多首诗歌中，胸中的层云、波涛以及理想、抱负和遗憾，便默默地

归藏在心田。这时候，钟山更像是位睿智的老人，托负起一代大政治家所有的心思，默默地抚慰他，用轻风白云、绿树花草、飞瀑流泉熨帖他的心灵。

钟山是一代杰出人物心灵的托附者，也在其后成为明代开国君主朱元璋和共和创始人孙中山先生的礼葬之处，像这样的胸襟和包容，在数不胜数的名山大川中是不多见的，钟山的盛名由此可见。

南京城古称金陵，这名字古老而且雅致，与城市的气息贴切。"钟山，古金陵山也，县邑之名，由是而立。"这个流传了两千多年之久的名字，缘于矗立在东郊的一座形似蟠龙的翠色的山峦。这是钟山之幸，更是城池之幸，也是我们后人之幸。两千多年历史的文化名城，与钟山共存亡。

那么就追寻一下钟山最早的名称——金陵山的来历吧。

这是长江下游快到入海处江南第一山，当它以逶迤的身姿，出现在人们视野的时候，风水先生就指说山有王气。公元前333年，楚威王灭掉越国以后，称王天下的野心，容不得任何人与之争锋，自然无比关注这个迷信暗示，便在这片原属越国疆土的山峦里掘土埋金，以镇"王气"。人们便把没有正式称谓的山峦命名为"金陵山"。

是金子埋得太少了，压不住王气，还是埋错了地方，根本不起作用？公元前二百多年，"虎视何雄哉"的秦王扫清了"六合"，南巡于此，钟山的"王气"之说让这位千古一帝放不下心

来，于是又一次效仿前人所为，干脆凿钟山以疏淮水，以此外露"王气"，只要没有了王气，天下就可保无虞！可怜的是，始皇帝的成效还是不大，随后的汉代的风水先生们依然顽固地认为，此山为王气所"钟"（汇聚），并给这片山峦取了个"钟山"之名。汉末，秣陵尉蒋子文逐盗，死于钟山，吴大帝为之立庙，封曰蒋侯，因避祖讳，改钟山为蒋山。南朝时因山在建康城北，所以又称北山。明朝嘉靖十年（1531年）因孝陵建于此，曾一度改名为神烈山。一座山峦竟然有了若许名字，一如清雅高迈的古人，有许多名号一样。

不论是山聚王气的神秘之说，还是埋金镇气的诅咒之举，在遥远的古代，它们似乎成了某种心理暗示。公元317年，东晋元

帝司马睿渡江的时候，就远远看到金陵山的北坡因为植被稀少，露出的页岩在阳光的反射下显现出紫金色的光芒，所以指称其为紫金山。这实际也是"王气"存焉的另一种说法。我曾不止一次地在古城的不同方位欣赏钟山，从西北角的红山方向遥观，从北坡的板仓村的山脚仰视，从月牙湖南面远眺，再从西边鼓楼的小山坡上翘望，尽力捕捉钟山又称紫金山的任何蛛丝马迹，都没有获得山麓浮泛紫金色的丝毫印象与可能。满山满坡的翠色，葳葳蕤蕤的盎然生机，山岩的原色被覆盖得严严实实，除了绿便是青，没有任何他色。

不论是楚国的君王，害怕"王气"，再出个与他争霸的诸侯，还是晋元帝司马睿，希望渡江后，成为王气的宠受者，他们的共同心理都是希望一统江山，而且卧榻之侧，不容他人酣睡。风水先生的"王气"之说令当权者各有所谋，用贵重的金子去镇压是选择，挥指山峦紫金色是宣传，钟山，成了诸侯王者争王称霸的行为象征，附着了太多的"金"，也附着了太多的"王气"。

过去任何舆论和想象，仅从地理形势和山态神形上看，钟山，这个南北长、东西稍窄的山峦，在平畴沃野上的自然狭长形貌，非用龙盘（蟠）二字形容才算贴切。心里立即浮想起三国诸葛亮的名言，佩服他高瞻远瞩的能力。他不仅是位军事家、政治家，同样也是位文学家，他的《诫子书》《前出师表》《后出师表》都足以说明这一点，而一句"龙蟠虎踞"对金陵地势的形容，更是千秋万载地印在中国人的脑海中了，就连一时豪杰的毛泽东也引用"虎踞龙盘今胜昔"来抒发从蒋介石手里夺取江山后天翻地覆的豪迈之情。也许正是诸葛亮的形容称谓，让钟山在古代就名声大振，唐代的《地理志》记载："江南道，其名山衡、庐、茅、

灵岩深松

蒋。"这个蒋山就是钟山的别称。

钟山这条苍龙，盘踞在长江下游的江边千百万年，是从什么时候开始，它才进入人文视野而变得富有人气、人望呢？遥望青青山色，脑海记忆中的，首先是杜牧的《江南春》："千里莺啼绿映红，水村山郭酒旗风。南朝四百八十寺，多少楼台烟雨中。"烟水空蒙的江南竟有如许多的寺庙僧院，不能不是个奇迹。这绝不是诗人的信口开河和想象，在旷达的南朝和风流的东晋，仅钟山一线的寺院就有七八十座之多，有的书籍甚至记载："钟山帝里，宝刹相临；都邑名寺，七百余所。"钟山成了佛国之乡，香烟缭绕，梵音四起，把佛教的意识形态和宗教信仰张扬到了极致，轩盖盈衢，观者往来，肩随踵接！从这个时候起，钟山便成为南京的名胜，"文惠太子（肖长懋）立楼馆于钟山下，号曰东

田"。钟山山岳耸秀,有玄武湖、燕雀湖的护绕,文人雅士们给了它极高的评价:"灵山纪地德,地险资岳灵。""势随九疑高,气与三山壮。"一座海拔只有四百多米的山峦,竟有了如此的尊崇,能有与五岳、九嶷相媲美的荣耀!

站在钟山脚下广袤的田野上,一代又一代诗人对此咏叹,大诗人谢朓激情洋溢地吟哦出了"江南佳丽地,金陵帝王州"的佳句,越过千年的时空,我们今天依然能听得见它深情的回响。在这条蟠龙的身边,千百年来,先人投放了多少人力、财力、物力,用智慧、汗水浇灌了山中的树木,营造了多少被后人看重的人文景观?这不能不佩服诸葛亮洞穿历史的眼光——"钟山龙盘,石头虎踞,此乃帝王之宅也"的赞誉。

这是个硕大无比的宅院,既是历代帝王家天下的枢极之地,

东吴，东晋，南朝宋、齐、梁、陈，杨吴，南唐，南宋，明，太平天国，民国一共十二个朝代的都城，也是那些希望死后哀荣的阴宅的首选之地，孙权墓、明孝陵、中山陵，连同帝王领袖们的功臣僚属的归属地，也排开在山前山后。

近两千年的时光，约略算算，从"六朝"到如今，钟山大体经历了三次大规模的营建，让我们有幸目睹了留存于今的众多的历史遗迹和文化符号，那蓝天白云下、青山绿岭中，峭拔而出的一座座梁瓦殿柱、石刻陵阙，还有许多世人未能知晓的秘密，它们是那样的丰富、多彩、神秘，以至于能够如此长久地占有我们后人的目光。

一千多年前的南朝，无数的砖瓦沙石、木材、宝珥、玉玲，锦缎幢幡，金银铜玉，堆矗起一座座梵宫巨刹，钟山一线排开了开善寺、定林寺、草堂寺、灵谷寺、鸡鸣寺、宝志塔等70余所寺庙，各具特色，各擅胜场。只是太遥远了，沧桑风月湮没了旧时的遗存，它们相继在历史长河中坍塌，只有梁武帝最宠信的、创造过许多神话故事，并让皇帝、公主为他的去世耗费了无数的钱财的宝志和尚，还在灵谷公园里立有一足之地，然而也已经只是一个象征，时空收缩了他的法身连同地上的建筑，他的法力、神话早已在岁月的长河中湮没，全无一点影响，人们甚至不再记得这位曾经有着极大社会影响力的出家人。

六朝过了几百年之后，安徽的小和尚朱元璋崛起于乱世之中，率领一帮农民造反者转战天下，最后入主金陵城。很快，这个气派极大的胜利者，便在钟山脚下铺开了盛大的建筑工地，先是盖金銮殿，后是筑阴宅，几十年不间歇的营造，在钟山的山南

山北，留下了一个偌大的孝陵和一批功臣墓。这个依山顺势的陵庙选择和相关的建筑布局，开启了明清两代帝陵的制度。它们依傍青山，与青山同老的架势，让钟山名声大播。钟山变得神圣起来，千头挂着银牌的长生鹿，在丛林山间奔跑跳跃，数千名军士日夜在这里巡逻，十万株苍松竞相生长，肃穆和庄严，威仪和显赫，厚重的历史附着在这片青翠的山峦上，供人们读山读史、读人读景，在这儿朝拜、礼祭，寄托哀思，砥砺精神。

然而这一切，帝王的威仪所培植的神圣，随着明政权的垮台，遭到了亵渎，明火执仗的强盗、无法无天的军士，在改朝换代的硝烟炮火中，在战马的嘶鸣中，将钟山一次又一次蹂躏、摧残，宫殿柱倒梁歪，柞楸之木断枝焦叶……朱姓王朝的神烈山，像鬼剃头似的秃一块、亮一块，岩石裸露，植被稀少，乱世的风云不可能润泽人心，也无法使青山更青、绿水更绿。

然而随着时间的推移，大自然顽固地将不幸掩盖，江南润湿的气候滋生出一茬茬繁茂不已的草木，钟山在经历灾难以后又一次苍翠葱茏起来。

终于到了辛亥革命的枪声响起的时候，钟山脚下的这块"帝宅"上成立了民国临时政府，专制统治结束，共和体制确立，社会前进的步履在这儿有了切实的回响。孙中山先生在南京就任中华民国临时大总统，他立刻率领部属赶赴钟山独龙阜下的明孝陵祭祀，这是驱逐鞑虏、光复大义的一次政治宣告。此后，钟山被革命者眷顾，成为休息、游览的胜地，终于有一天，共和的创始人孙中山选择在这儿安息，青山下，排开了中山陵和一批附葬墓，有了与时俱进的和合乎今人审美目光的建筑遗存，蓝色的琉璃瓦映照在青天之下，比红墙黑瓦更气派，也更有亲和力、生命力和感召力。

钟山有着明孝陵和中山陵这两大陵系，让记录在书上的六朝的四百八十寺全都黯然失色，成为永远的遗响和悲风。与六朝的风物不同，它们是帝王气派的张扬和傲立，而不是僧侣宗教的修身和养性。我忽然悟到，钟山所汇聚的王气是"阴"而不是"阳"，对于建都于此的王者，它没有给予长治久安的护佑，但却能给葬身于此的人以死后最大的哀荣。吴大帝孙权最早在这儿择地长眠，留下了一个小小的山岗，虽然现在了无踪迹，但却让后人记住了这片小小的山包，在这儿栽树植梅，如今蔚然成一片春天中国最美的观赏梅园之一，其色彩和香气，让无数的人流连忘返。

没有真正意义上的"六朝如梦鸟空啼"，消失的只是六朝君王的梦想、宫殿遗存，但它的痕迹是不会在历史和人们的心里消失的，更不会在文化的传承上没有影响力。六朝的帝王在钟山脚

下劳民伤财的举动，使这片土地有了更丰厚的历史积淀，即便是僧侣们在秀山胜水之畔，建盖他们传播教义和精神的寺庙，也为古城留下了许许多多可供后人寻访、怀想的遗迹。

什么是"王气"？依照明人张岱的说明："钟山上有云气，浮浮冉冉，红紫间之，人言王气，龙蜕藏焉。"这红与紫的云气其实并不神秘，这是北边山坡裸露的山岩映射而成的。在宋代，人们植树的自然意识和充沛的雨水，使钟山变得越发秀美，高耸的树木如同少女的秀发，飘逸着年轻的气息和生动的形态，《舆地志》就记录着："钟山本少林木，宋时使诸州刺史罢职还者，栽松三千株，下至郡守，各有差焉。山之最高峰地有五愿树，树，柞木也。"一旦多植了树，多播了草，山岩的植被繁茂，太阳的光线射不透林木树丛，折射进云朵里的阳光就不会有任何光芒、色彩。而一旦绿色遮掩了紫金色，王气便弥盖了，那么何用埋金镇王气，何用凿山疏淮水，只要多栽树多植草，钟山不裸露山岩，"王气"便不会外露成患了。

钟山是个牢靠的依傍，容得下帝王和领袖，它扯开一袭绿袍把他们的阴宅、阳宅揽在怀中，默默地俯视着他们；当它的山水和森林树木与老百姓同呼吸的时候，它也当得起百姓的依托。时代的进步，社会的发展，山峦秀色和湖泊沼地，恰恰会使平民百姓感到身心愉悦，成为诗意安居的家园。

钟山有古老的气息，也有现代文明的精神昂扬。在帝王领袖的陵寝边上，有绿色植物宝库中山植物园，把千差万别的植物分

类，将大自然的万紫千红浓缩在大山的前坡平地，让钟山更加多姿多彩。在蟠龙的头顶上，有供天文科学研究的紫金山天文台，它的座座射电望远镜，有如在蟠龙的头上戴了顶银色的盔冠，在青翠环抱之中，在阳光下闪耀，折射出银白色的光芒。古老历史与现代文明，科学与传统，古老的躯体与年轻的生命，就这样了无痕迹地结合在钟山身上。

金陵真是个不可多得的山林城市，有山有水，有苍郁劲秀的林木，有蜿蜒曲折的流水，给古城平添无限的秀美和葱笼，这一切得益于钟山的慷慨大度。它伸出的一条臂膀，隆起了一座座山包，从东部直抵西边的大江之边，富贵山、覆舟山、鸡笼山、鼓楼岗、清凉山，蜿蜒起伏，而在它们的山脚之下，玄武湖、前湖、莫愁湖、清溪、金川诸多流水汪泽，共同呈现出大自然的蓬勃生命元素，给古城以无穷的意象和永远的青春亮丽。

只要钟山不老，古老的南京就会永远年轻。

"八艳"的脂粉

　　秦淮河畔钞库街 38 号，是明末名妓李香君的媚香楼旧址，位于文德、来燕两桥之间南岸，大门南向面街、后门临水，是所河房。这是秦淮浪得艳名的无数曲巷旧院中唯一现存的名妓故宅。

　　名妓，顾名思义是出了名的妓女，但在中国文化人的理解中还有深一层的意思，就是有文化、有见识、多才多艺而闻名的妓女。

　　殷代开始的巫娼，春秋时期管仲的官妓，汉武帝的营奴，隋唐的宫廷乐妓，宋代的教坊妓，内中出了多少名妓？为名妓留芳是全世界都有的文化现象，在中国至少不是古城南京的独家所为。且不说杭州西湖边上的苏小小、成都的薛涛，单是唐宋传奇中，就有诸如李娃、霍小玉、谭意歌、李师师的文字，她们接受痛苦、遭遇罪孽，在文人的眼中，不因她们的出身低贱而抹杀她们的品德和修养。这也许是中

国传统文化宽容的一面。名妓现象除了可作为人们茶余饭后的谈资，还有一定的文化认识价值，因此成为历代文人关注的对象。

从砖雕门楼入内，天井一角立着李香君的汉白玉雕像，清幽的环境将户外的纷扰滤净，红栏黑瓦的两层小木楼，河厅金砖铺地，北窗下是秦淮清流，有石码头，可乘小船入河，对岸是得月台，扶梯而上，二楼是李香君的客厅、琴房、书斋、卧室，古雅可人。

这房子在现代人看来不免过时和陈旧，但在几百年前却是相当雅致精美的，明末清初文人对此的形容就是："屋宇精洁，花木萧疏，迥非尘境。"厅堂玻璃橱窗里陈放着有关"秦淮八艳"的资料，环顾粉壁廊柱，似乎晃动着柳如是、顾媚、寇白门、董小宛、李香君、陈圆圆、卞玉京、马湘兰八位佳丽的翩翩身影，她们联袂在河边这个小小的庭院中展示自己的美丽和才华，以及各不相同的人生经历。

所谓"秦淮八艳"，是个相沿成习的说法，她们并不全是严格意义上的秦淮名妓，其生年也不在一个时间段。曾经长时间在秦淮河寻花问柳的余怀，在其所著的《板桥杂记》中就没有涉及过陈圆圆和柳如是，董小宛也长时间地居住在苏州山塘。这群不同年序和地望的青楼女子，是明万历年间到清兵南下为止近百年间的诸多名妓中最为出类拔萃的几位，实至名归的称呼应是"江南八艳"。

这个社会最底层的女性群体，是群绰似大家风韵、肌肤玉雪、含睇宜笑、容貌娟妍的美女，且是通文史、善画、知书、擅琴的天姿巧慧的才女，可谓才貌双全。她们出众的容貌和才华是秦淮女子的典型，她们全都出身卑微，又具有相同相似的悲剧命运——

李香君、卞玉京姑娘最终遁入空门；

陈圆圆出家为尼，后又投水而死；

柳如是自尽；

寇白门遭遇负心；

董小宛早夭，年二十七以劳瘁死；

顾媚嫁给贰臣；

马湘兰是八艳中年代最早的一位，五十岁后还到苏州应酬，终因劳累而死。

她们的命运和遭遇也同样映衬了所有秦淮女子的不幸。

晚明社会的坠落腐朽，东林、复社分子的放浪变节，还有马士英、阮大铖之流的卑污，在她们的身上都有着深深的印记。相比而言，肉体不干净的下贱的女子，却比那个时代和那些须眉浊物更有人格操守和人性光辉。

十里秦淮的"六朝金粉"，在女性身上有着最典型最充分的体现。六朝时代的浮浪声名，唐代舞榭酒肆的艳光，比之明代娼妓文化的张扬无不黯然失色。南都南京"北招维扬，南徕姑苏，再加上秦淮旧迹，遂成为征歌选舞的胜场。"

始作俑者，是开国皇帝朱元璋。他以官妓的形式运作娼妓业，在秦淮河南岸建了富乐院，把娼妓安放在夫子庙孔夫子的眼皮底下，用女人的容貌和肉体蛊惑那些工于心计的读书人，还在京城道路要津相继建造了16座馆阁楼台——淡粉、轻烟、清江、石城、来宾、南市、北市……从此金陵城内艳帜高悬。

所有的帝王本质上都有相当的流氓性，但如朱元璋的儿子明成祖朱棣那样，丧心病狂地大规模发动对女性的摧残却极为少见。他夺了侄儿的江山，开始凶残地报复他的政敌，杀了齐泰、方孝孺、黄子澄、铁铉等人，灭了人家的九族、十族还不解恨，还把他们的妻女、外甥媳妇、义女，发象房，配象奴，让人凌辱强暴，转营奸宿，把更多的良家女子发教坊为娼，肆意淫辱，群乱致死。他兽性发作，没有任何理性，仿佛一个歇斯底里的狂人叫喊着、咆哮着，用最下作的手段，拿女人的肉体和血泪来浇灌心头的怒火。

一大群原本养尊处优、有着教养的良家妇女以死抗争，"不忍将身配象奴，手提麦饭祭亡夫。今朝武定桥头死，要使清风满帝都"。更多的女子则不得不坠入青楼，明王朝的政治也从此沾满了污秽和肮脏。

这是名副其实的"逼良为娼"。许许多多的良家女子沦为官妓，娼妓业有了更多的官印符号，江南娼妓也有了更多的文采风流，她们的美貌、典雅和多才多艺，还有延续累积下来的哀怨和愤懑，成就了明王朝一道特殊的风景，而这些瘦弱女子的身躯竟也伴着明王朝最后的哀鸣，从水边河房、曲巷深院的深闺中走向社会正义的核心。

一个让后人多有愤懑、思索的朝代，开国皇帝用女人的肉体营造繁华，他的儿孙们无不步这个后尘，在女人的身上制造历史，朱棣如此，南巡的正德皇帝如此，直到明末万历时期，南部烟花至于极盛，"北地胭脂，南朝金粉"，依然是用女人的肢体遮

掩粉饰，直至黑山白水的异族铁骑征服大江南北。

这是二百多年无数女人的合力诅咒，她们的泪水冲刷了大明社稷的堤坝，太多的脂粉钱埋葬了这个无耻、血腥的王朝。

"楼台见新月，灯火上双桥。隔岸开朱箔，临风弄紫箫。"多少繁华旧事，多少岁月风流，画舫经过窗下，欸乃的桨声扯断了几百年的相思情意，也穿起了无数旧时痕迹。数不清的胭脂情事在这长水中沉埋，随着涟漪消失。人们形容说"六朝金粉，十里秦淮"，其实更多的风流债是从明初开始的，青楼女子的脂粉一层又一层地涂抹着明王朝的溃疡，绵延孕育成巨大的肿瘤，一直到明末某个时分城破国亡，才彻底地了结消散。

雕栏画槛、绮窗丝障、十里珠帘的秦淮河房见证了"八艳"的酸楚和快乐。

当春花娇艳，江南烟雨裹住一袭红楼，满河珍珠，一摇三叹的桨声穿房越户，在耳边缭绕时，起身垂帘焚香，心事付于瑶琴；或秋夜天高，皎月东升，庭院秋凉如水时，于寒露竹影中，燃起一炷清香，将无限情怀、万般思绪，随烟悄然祈祷，"八艳"的内心隐秘才得以坦诚告白，泪水顺着脸庞潸然而下。

在精洁的房舍里，在肉体的交易中层层褪却她们的青春韶华，她们无双的容貌和才华，在男人的欲求中寸寸点点地销尽，"八艳"的脂粉胶滞了秦淮河的清流，使河水流得凝重而又苦涩。

秦淮河两岸的门东门西是盛产云锦的地方。落日的余晖在秦淮河一线长泓上闪射着云锦般的辉煌与绮丽，华美、高贵、如霞如云的丝绸，衬托出宫殿的庄严和奢华，装饰着帝王的尊崇和威猛，都无法遮掩金陵城内的悲哀和忧伤。秦淮河的河水浆涤过云锦的美丽，却不能映现姑娘的容颜和内心，流水带走了她们彩云般的美丽与深沉的叹息和悲伤，没有始也没有终，仿佛永远呜咽。

与女人的遭际相反，男人在这个乱世中的委顿却格外令人困惑。

曲巷逶迤、屋宇湫隘的内桥珠市，迢遥秦淮河水两岸河房，数不胜数的秦楼旧院，竟是时代精英们会聚的嫖宿之地，"家家夫婿是东林"成了那个时代最辛辣的讽刺。东林人物也好，复社的名流也罢，他们无不在政治失意的当儿，走向那里，魂迷色阵，用浪荡的生活打发岁月，以女子温柔的小手抚慰他们的灵魂，用女人的柔情浇心中的块垒。多少男欢女爱借着这一泓清水、薄雾轻纱，掬去了酡颜和娇羞。一个病态畸形的时代和处所，消解了所有的政治原则和道德界限，也混淆了崇高与卑劣、高贵与低微，精英们的坠落、糜烂，格外凸显出社会和民族的悲剧命运。

侯方域与奸佞和解了，江左三大家之一的龚鼎孳降清了，连柳如是那个可以做她父亲的丈夫钱牧斋也开城揖清了，她们还有什么更多的话语要向河水叙说，即便是如顾媚死后的哀荣，又算得了什么？

当一个个花容月貌的姑娘相继离开河房，各自寻求人生归宿的时候，李香君也无例外地在秦淮边打点得格外精神。这是一位肤理玉色，慧俊婉转，调笑无双，人称"香扇坠"的女子。就这个小身材的姑娘，却有着非同一般的人生追求，她卖身不卖灵魂，哪怕以死抗争，也要确保人格尊严不容玷污，政治信仰不遭亵渎。

河两岸的卖笑女子的心田，就像面前的流水，泼一瓢脏水便被污染了。肉体保不住纯贞，守住心灵也成了智慧女子的艰难选择。这是一种灵魂折磨，在人格操守和精神向往上，自觉地追求和勇敢地付出，都格外需要勇气和决心。

李香君为她的坚守付出了代价，宁愿一死，也不屈就。

她的热血在一扇桃花中开得灿烂，如火如荼，她的操守成就了孔尚任的一部《桃花扇》。与六尺须眉相比，她柔弱但更坚强，她低贱却更崇高。

钞库街上的这座河房小楼和一部剧本，直让我们后人读出无限的敬意。

她拒绝了侯朝宗，也拒绝了那个坠落的时代。把心托付给青山绿水，才有更可靠更牢固的依傍，才有永不背叛的知音、

知己。

李香君的热泪在心里汇成不比秦淮河小的水流。

这段爱情可以称作经典，后人读出操守和叹息、男性社会中女人的坚强和不幸，尽管她貌若天仙，兰质蕙心。

一座媚香楼，是秦淮女子所有经历的记录见证。自从李香君走后，秦淮旧院、河房里姑娘的爱情也就失去了任何话本意义。

小红楼离我们太远了，面前迢遥的河水，少说也流淌了上千年，几百年前河房里的旧时衣衫裙裾和曲栏回廊都如梦境一般；但它离我们也非常近，只不过隔了一堑河沟，伸手能探摸到河水的温度，感觉到它扑面而来的气息，嗅闻到她们的气味，触摸到她们的心灵。

在欸乃桨声不断的河边，在灯红酒绿的现代氛围中，今天，有多少人还记得李香君内心深处执着的那份情感、那份关于爱的信念与执着？

有多少青春韶华在秦淮河水中漂流，更有多少灵魂在河边让人审读？

李香君无可奈何地坠入了烟花地，却被后人立了座非人工的纪念碑。这无疑是社会地位最低下的女子的可叹可赞之处。与之相比，那些灵魂成了娼妓的男儿，才是不可救药的。

人格和操守不只是男人的事，也是女人立身处世的标杆。承平岁月，无法检验精英们的忠奸善恶和人格高下，名妓们的才情和品藻，也淹没在灯红酒绿之中，她们会在不绝于耳的笙歌中，浅斟低唱，侑酒簪花，击鼓为乐，消磨青春。只有在乱世的风云中，在坠落男人的环衬下，才有可能凸显她们的才藻、气节乃至献身精神。

　　这是一代名妓如坚守气节的李香君也无法摆脱的噩梦和命运。她们无法游离于男性社会，即便香草美人也不能独立于世，联想至此，就不能不让人为之气短。

　　娼盛带动起来的繁华是靠不住的，浮泛的艳光也没有任何生命力，一旦社会易代转型，就转眼成空。明末清初一二十年的时光，一片欢场的秦淮风月，鞠为茂草，美人尘土，楼馆劫灰，蒿藜满眼。无限的伤心事和满目的沧桑，共同营构了南都的萧瑟。

　　"八艳"过后，秦淮两岸河房里的箫鼓琴音就再也不如从前缠绵和销魂了。"八艳"也从此成了怀想的故事。

　　说不尽的，只如李香君。

怀旧的水乡

　　江南水乡的景况，简约形容就是"小桥流水人家"。水网密集的地方，桥梁之多是可以想见的，枕河而居的房舍，俗称河房，大多有自家的河埠头，顺着一级级石阶往下走，便可贴水洗涤物件。这样的民居密集在一起，便成为一个夹河生息的居民生活区，而民居所选择的河流不是宽河大江，而是宽不过数丈的清流。长长的河流，夹峙着黑压压的河房，隔不多远飞架出一座圆拱形小桥，偶尔有一两艘小木船摇着木橹晃漾而过，夕阳把它金黄的光芒投射到河上，满河晃漾着金色的潋滟水波，便有一种意想不到的美感，它的色彩是平和的，淡泊宁静之中充盈着温馨的气氛，让人流连忘返。

　　太湖流域的杭、嘉、湖平原，水乡风情的特色最集中也最典型的地方是乡村小镇，无以计数的江南小镇——盛泽、乌镇、湖州、平望、南浔、黎里、松陵，像一颗颗璀璨的珍珠洒落在碧水清波之间。世世代代的吴越人渔猎农耕于此，以舟代车，栽桑养蚕织绸种稻，以他们特有的生活方式，创造异于别处的文明，最终使此处成为天下富庶地区，一条谚语就此流行开来，那就是："苏湖熟，天下足。"

　　农业文明的恬静、安适，在江南小镇得到了最充分的体现。

打破封闭状态走出去成就一番辉煌，建功立业，读书中举便是士子们的唯一出路，因此江南水乡的读书风气很浓，才子也特别多，一旦这些博取功名的人在成就以后归隐，或者官场失意后无意仕进，便又会回到原来的起点，在山水风光的陶冶下吟弄风月，打发时光，度过余生。他们的价值理念和行为方式，往往会在更高的层面上，给小镇增添光彩，为小镇的居民和后世的文化人，树立起一种人生楷模，注入值得效仿的精神刺激。小镇也就洋溢并充盈着浓郁的文化氛围，积淀下深厚的历史文明。

于是，江南苏州境内的三个昔日封闭状态下保存比较完好的小镇——周庄、同里、甪直，在现代交通的便捷条件下，便渐渐地出现于世人的视野。慕名之人不远千里，甚至万里，从上海、苏州，顺着沪宁高速公路或苏州—虹桥机场公路来到这些地方，观光、游览，体味与自己家乡完全不一样的世风人情……

甪　直

出苏州老城区的葑门或相门，沿着通往上海虹桥国际机场的一级公路往东行，首先可达水乡甪直。甪直是现今苏州市吴中区辖的一个小镇，古名甫里，古籍记载距城东五十里，北傍吴淞江，有甫里塘相通，处于昆山和吴县交界处。甪直的名字很怪，《苏州府志》的说法是："六直浦自界浦以东，有大直、小直、直上泾，而一港界其间，南北可通六处，故曰六直浦。""俗讹甫里为六直，又讹六为甪。"

这是一处被称作"五湖之厅"和"六泽之冲"的水乡小镇。

它的北面是阳澄湖，东部是金鸡湖、独墅湖，南面是万千湖、澄湖，处在大片汪洋的包围当中，又有六条江水掠身而过，那是吴淞江、清水江、南塘江、界浦江、大直江、东浦江的身影。如此众多的水系汇聚于一地，在水之都的苏州境内形成了独特的风貌。

20世纪80年代初首去角直时，乡间只有一条窄窄的泥浆小路，从金鸡湖畔蜿蜒而过，据说也才通行不久。在20世纪六七十年代，这儿还不通公路，只靠小船进出，与外部保持联系。可以想见这样一个与世隔绝的水乡，该是怎样的一副古风古貌。

水多桥也多，小镇旧有72座半各式桥梁，人称"五步一桥"，现还存有41座。这些小桥有建于宋代的，也有建于明代的，或平卧于清波之上，或拱隆在窄水之腰，还有连成直角，可以"三

步两桥"的。小桥和流水，加上居于此的人家，便有了独特的水乡景观，河边的杨柳也婀娜起来。

前街后河，人家枕河而居，连成排便成长长的水巷，石驳岸上有拴船石，也有石埠头，可以一级级下到水边。商业老街宽不过丈余，条石和弹石铺就的路面两边，店店相连，前店后宅或者下店上宅，大多为砖木结构。镇上小巷颇多，由粉墙黛瓦的山墙或者青砖垒成的院墙夹峙而成，高高低低，间或爬满了青藤、薜荔，碎砖铺砌的小路点缀着青苔和车前子，显得十分幽静深邃，有种特别静谧的气氛。

与别处水乡不同的是，甪直的中市上塘街有几百米长的廊棚，廊棚一面临水旁有美人靠，梅雨时节出门完全不用担心没带雨伞，坐在靠椅上，看河中雨点撞击水面，一圈一圈的水波晃漾开去，心境也就开朗愉快起来。这是水乡人乐善好施的一个行为佐证，体现了温馨和睦的人际关怀。

大凡在这样的江南水乡，都会有一两处引人注目的文化遗存，成为一方水土独特的文化标志，甪直自然也不例外，它的骄傲就是保圣寺。

据《吴县志》和《吴门表隐》的记载，这座黄墙黑瓦的寺庙始建于南朝梁天监二年（503年），它的出名，是因为有一堂唐代雕塑圣手杨惠之所塑的十八罗汉像，"神光闪耀，形貌如生"。

传说，杨惠之与吴道子同学画于一人，后自感无法与吴道子争锋，便改学雕塑，果然自成大家。这堂罗汉"虽历朝粉饰，渐异原本，然古致犹存"。元代著名书画家赵孟頫（松雪）曾为这个寺院书写了一副楹联："梵宫敕建梁朝，推甫里禅林第一；罗汉溯源惠子，为江南佛像无双。"赵松雪是浙江湖州人，按照他

的说法，甪直保圣寺拥有两个第一：一是寺院的规模和历史的久远，二是寺内罗汉塑像的独尊地位。

长期以来，人们一直认为，甪直有两座寺院，除了保圣寺，还有一座白莲讲寺。明代文学家归有光在《保圣寺安隐堂记》里指出：甫里无二寺，白莲寺即保圣寺的别院。根据记载，这个白莲寺"始建于唐大中间，北宋熙宁六年重修"，是一个名叫惟吉的和尚的功德，那么赵松雪眼里的保圣寺就是包括白莲寺在内的整座寺院，如此说来它的整体规模的确不小，据说寺庙繁盛时，有屋宇五千余间，僧侣千人，这样的规模在数以百计的江南禅林中是否可列为第一，无从考证，但就年代而言，恐怕所说不虚。

这是昔日的辉煌。保圣寺因为有了赵孟頫所说的两个顶尖的名分，才吸引了更多的文化人关注的目光。

保圣寺的罗汉是应归于国宝一类的文化遗产，经过一千多年的沧桑，已经破损严重，殿宇倾圮，蔓草丛生。为此，民国时期，著名学者顾颉刚、蔡元培、叶恭绰、叶楚伧、陈万里、马叙伦等人发起了一个抢救运动，募捐修缮，在正殿遗址上兴建厅堂。十八罗汉只保存了下半堂，这九尊罗汉或坐或立或倚在云气舒卷、奇峰突兀的山崖和洞窟中，脚下海浪翻滚，面容形态各异，十分传神。

在保圣寺的西边即原先的白莲寺的边上，是晚唐著名诗人陆龟蒙隐居于此的别墅，其死后就葬在这儿，有斗鸭池等遗迹尚存。这儿也是现代著名作家叶圣陶曾经教学、生活过的地方，正是在这儿，他写下了著名的短篇小说《多收了三五斗》。

小镇因为这些文化遗存，平添了它的韵味，也有了区别于其他江南小镇的标志。

同 里

江南的另一个著名水乡是位于苏州南边吴江区的同里镇。

关于镇名的由来，历来有两种说法。一说唐代初名铜里，到宋代改名为同里；二说旧名富土，有人认为这个名字太显眼，作了个拆字游戏，把"富"字下面的田，移到"土"上，便成了同里。

《百城烟水》一书对于同里有如下文字介绍："同里镇，离县治东十里。地方五里，居民千余家。明初富饶可方州县，有巡

检司，元时为吴江子务，明改税课局。其梵刹有法喜教寺，慧日禅院，普明、西归、江渡、圆明诸庵。道观有东岳庙、玉清洞真观、仁济道院、翊灵道院。园第有万玉清秋轩、水花园、遗老堂。其近日，高人达者居不悉载。"

所谓离县治十里，就是说离吴江县城松陵镇只有五千米之遥。这是水路的说法，现在从公路而去，大约有六千米之遥。《百城烟水》的作者特别指出，"万玉清秋轩"是元代宁昌言的别墅，"水花园"是元代叶振宗的居所，而"遗老堂"则是明代何源的归老之处。两百年后，嘉道年间的姚承绪遍访吴地胜迹，访古题咏，作《吴趋访古录》一书，内中关于同里的历史遗迹的记录，有"遗老堂"，注明为"明布政使何源归老处，程南云书额，祭酒胡俨有记"，有"慧日禅院"，注明为"宋淳右中建，明初南琛宝隐居焉，姚广孝尝往来于此"。

　　一个地方五里，居民千余家的小镇，有如许多的宗教场所和出名住宅，可见这方水土的文化积淀，似乎要比周庄、角直更为丰厚。这依然是个四面临水"泽浸环市"，兵燹战火烧不到的地方，形象的说法是"诸湖环绕于外，一镇包涵于中"，镇外是同里湖、叶泽湖、南星湖、九里湖，镇里是十五条河浜的横抱竖

裹，将古镇分割成了 15 个圩岛，连接这些圩岛的是 30 座小桥。桥多、水多，石埠头更多，好事之人细数一下，竟有 700 多个！

桥是小镇的梦，宋代的、明代的、清代的，一个又一个凝固了的希望。桥础、桥栏、桥亭、桥缝爬满了青藤紫葛、薜荔野草。自成格局的是三座呈品字形的古桥——太平桥、吉利桥、长庆桥。吴人有"走三桥"的习俗，同里人就走这三座桥，以讨更大的吉彩。

这样一个可以"携家曾此避兵尘"的世外桃源，是有利于读书学习的。耕读生活便在这里有着最充分的体现，小东溪桥上嵌有一副石刻对联——"一泓月色含规影，两岸书声接榜歌"，非常形象生动地描绘了小镇读书科第亦盛的景况，诵读书本的声音才落，那边发榜高中的捷报就到。有人统计过，南宋淳祐四年至清末，同里先后出过状元 1 人、进士 40 多人，文武举人多达百余人。这在一个只有千余人家的水乡小镇，不能不算是个文化奇迹。在这众多的才子当中，有明代著名园艺家计成、清道光进士军机大臣沈桂芬。曾经寓居在这儿的文化名人更多，如董其昌、倪云林、沈德潜等。正因为这儿发达的人多，加之与世隔绝，民居旧宅相对保存得比较完好，街巷比甪直和周庄，来得疏朗，漫步其间随处可见的深宅大院、园林小筑，挂着兵备道旧居、御史府、进士宅、举人第、巡检司署、卧云庵、孚寄堂的牌子，可见同里是个文化的渊薮。

同里的旗帜飘扬着与甪直、周庄多少有些不一样的色彩，它散发出的更多的是文化的光芒。

由于同里优越的水乡环境，到这儿来居住的人越来越多，无形中成为"商贩骈集"之处，范围日渐扩大，而水乡扩大范围的

手段就是填湖造地，清嘉庆十七年（1812年）刊版的《同里志》就记载了一处作为放生池的荷花荡，"今日渐淤塞，填架土屋，亦成闹市，俗称新填地"。庞山湖也被围垦，成为同里新的民居和集市场所。

同里最为吸引人的，是建于光绪十三年（1887年）的著名园林——退思园，为清凤（阳）颍（州）六（安）泗（洲）兵备道任兰生所建，是一处"于江南园林中独辟蹊径，具贴水园之特例"的私家园林。退思之名是"退则思过"的意思，这当然是园主人的韬晦之说，是免职后归养享乐的一种冠冕堂皇的招牌而已。

由于同里长期的封闭状态，退思园相对保存得比较完好，它的风格与苏州城内的诸多园林有着明显的不同，西面是居家之所，有厅堂楼屋，东面则是花园回廊和船舫平台，人们在欣赏同里的小桥流水后，退思园就成了人们"赏心乐事谁家院"，感受身心抚慰的好地方。

周　庄

　　从角直乘船往南水行或坐车陆行不远可到周庄。周庄位于昆山、吴江、上海青浦三县交界处，是狭长形的昆山市境中最南端的一个小镇。依旧是众水环抱的一处所在，澄湖、白蚬湖、淀山湖和南湖，紧紧地把它搂在怀里。

　　这是一处似乎比角直更为封闭的地方。不论是南社著名人物陈去病《五石脂》的记载——"周庄在宋时，本迪功郎周某庄田。然地濒白蚬江，上承太湖长桥之水，下趋薛淀，出黄浦，与吴淞江合流入海"，还是清初成书的《百城烟水》的记录——"全福

讲寺，在周庄。宋元祐间建，淳祐二年，周迪功郎更新之”，所说的上限年代皆为元祐年间。

周庄古称贞丰里，是唐代武则天通天元年苏州置长洲县，周庄地属长洲县苏台都贞丰里。那么关于周庄的文字记载，最早就只能从贞丰里算起。即便如此，那也只是一千三百年，远不能与甪直自梁朝天监二年建保圣寺悠长历史可比。之所以没有更早的文字记载，不是说此地在唐以前没有人家，而是更为封闭，不为外人所知的缘故。

贞丰里变为周庄，当然是因为周姓迪功郎的关系。他于北宋年间舍宅捐田，在白蚬湖畔更新全福寺，始有周庄之名。明初始称周庄镇。

周庄周围有淀山湖、三荡、白蚬、澄湖四水。镇内井字形水巷，巷巷相连，巷巷相通。周庄的桥最有特色的是镇中心的富安桥，桥堍下各有两座方亭，始建于元末至正年间，这种风格的桥梁据说在明代极为盛行，可惜保存下来的仅见这一座，可见此桥的古老和文化意味的深长。

周庄如今盛名天下，却不是得益于既古老又有特色的富安桥，而是因一座大名叫世德桥，被当地老百姓形象化称作钥匙桥的“双桥”。

旅美画家陈逸飞自上海来到周庄写生，把这一步两桥的双桥画成油画，在美国展出，被哈默博士收藏，哈默博士来华访问时，将此画赠送给了邓小平，嗣后又上了联合国教科文组织颁发的首日封，由是名噪全球。这是文化的功绩，确切地说是中外文化交流的功绩。一个变得多彩和开放的社会，带给封闭的市镇以意想不到的活力，这一把桥梁“钥匙”的功劳不小。它打开了周庄的致富大门，让无数国内国外的旅游观光者蜂拥入内，周庄也因此获得了自我更新的能力，一个沉重残喘的老镇焕发出前所未有的青春容颜，犹如一颗古老的莲子，萌芽长叶，盛开在水乡泽国之中。

仅有桥和水，是无法支撑一个旅游景点的，周庄还有逼仄的商业老街和明代建筑沈厅、张厅以及迷楼、全福寺。

周庄的商业闹市的石板路较角直更窄，特别是沈厅、张厅所在的一条街，被两边的两层楼高的旧房子一夹峙，光线就遮断了，幽幽的，显出湿漉漉的模样，两边楼上的人探出身子，似乎就可以抽烟续火。

作为明代建筑，张厅似乎比沈厅历经了更多的沧桑，从砖雕大门和残存的柱础推测，当年的朱门大户的气派自有不同凡响之处，穿过又暗又窄的夹墙甬道，在后院的板阁下，流动的河水可以通行类同舴艋舟的小船，这是饶有特色的"船自家中行"的景况，轿子可以堂而皇之地从前门进来，小船也可以悄悄地从后门进出，既是出入的方便，也是注重人身和财富安全、更为保密保险的一个措施。

沈厅是规模极大的私宅，七进五门楼，屋宇百余间，占地两千多平方米，这在江南的小镇民宅中，恐怕无出其右。沈厅是沈万三后人的住宅。《吴江县志》说："沈万三有宅在吴江二十九都周庄，富甲天下，相传由通番而得。"《周庄镇志》中也有相关记载："万三住宅在焉，西北半里许，即东庄地及银子浜，仓库、园亭，与住宅相联络。"这些都证明沈万三是周庄人，而且是通过从事对外贸易而致富的。其实沈万三祖籍浙江湖州，有文字记载："元至顺年间，吴兴富户沈祐及其子万三迁到周庄东宅，设庄经农。"

　　关于沈万三的民间故事极多，有说他有点金术，有说他有聚宝盆。明初，他与其他有钱人被洪武皇帝从江南徙往金陵，看守在眼皮底下。朱皇帝在城南修建城墙时，屡建屡倒，沈万三将聚宝盆埋在下面，城墙才得以建成，所以称作聚宝门，就是如今的中华门。这当然是附会之说，但他的钱多却是事实，即便是看一看他后人的这所住宅，也可以窥出消息。

　　沈万三是靠什么积累了那么多的财富？在水乡泽国之中，无论是打鱼还是种田，都不可能达到富可敌国、令皇帝朱元璋都嫉妒的水平。考察一下周庄及其周围的经济情况，也许就能有比较

可靠的答案。

　　周庄毗连的松江地区，宋末开始种植棉花，元代初年，松江人黄道婆从崖州学来先进的纺织技术，改革纺织工具，棉纺业在周围迅猛发展，"买不尽的松江布，收不尽的魏塘纱"，而周庄是个集散中心，这种情况延续到清光绪年间，"捆载至浙江碛石镇以售"。离周庄几十千米处有太仓浏河港，可以扬帆出海，元代就在那儿设有管理对外贸易的市舶司，被称为六国码头，是开展外贸的东方大港，明成祖朱棣派郑和下西洋就是选择从这儿首航的。沈万三的父亲在元末从湖州迁到这儿来，应该说是看中了这儿得天独厚的物贸条件，作了经商战略上的大转移，"富甲天下，相传由通番而得"就不是空穴来风，而是甚为合情合理的推断。

　　沈万三是个有文化有头脑的商人，《巢林笔谈》说："沈万三妻丽娘亡，三思之，作恩锁台，置离思碑，有云：'玉骨土融，百形皆幻；红脂尘化，万态俱空。构室见其情牵，树碑由于恩结。'元末云林、金粟，家并丰赡，都以诗文书画领袖风雅，而万三则群指为富人耳，谁复知其能文者？"但他无法料得朱元璋得天下后的政策的变化，新生的农民政权是与商品经济为敌的。再精明的商业头脑，在笃信以农为本的皇帝面前，只是罪恶的象征。

　　沈万三最终还是被朱元璋充军到了云南，至死都没有回来。这是沈万三的悲剧，也是那个时代所有通过经商致富的人共同的命运。有人说，这是朱元璋在与张士诚争夺天下的时候，苏州的有钱人资助张士诚长期与朱元璋在吴地抗衡的缘故，这可能是一个原因。但更为重要的是，朱元璋是个贫下中农，他所代表的那个政权重农抑商、打击豪强的同时，也打击商贾之家，这是他立国的基本原则。他对沈万三的惩罚，不只是个人感情的好恶，而是出于"阶级仇恨"。所以，不论沈万三犒劳不犒劳军队，他都无法逃脱朱元璋的掌心。

沈万三的后人自称是种田致富，"设庄经农"，这种惶悚之情完全可以理解，在不遗余力打击商贾阶层的国策面前，谁还敢称自己祖宗的钱是跑生意赚来的呢？

沈万三的倒台，是商品经济在中国大地上的一次全面的受挫，水乡依旧被封闭在一片白水之中，长达数百年之久。沈厅除了建筑学、民俗学上的意义和美学价值，还有社会学和历史、文化上的意义。沈万三无疑是对外贸易的卓有贡献的实践者，如今的周庄人目前所开创的局面，究其实质是沈万三的文化渊源。这也许是参观沈厅的人事先没有意想到的。周庄的形象是水，是桥，是老宅，它的文化内涵却是"沈万三"。从这个意义上说，周庄人应该给这位乡贤竖立一座纪念碑。

周庄还有全福寺和迷楼。

周庄白蚬湖畔的全福寺，虽然它的历史久远，历经千年，屡毁屡建，但目前已经全部新修完毕，它的金碧辉煌与这座古老的小镇多少有些不够协调，人们着眼于小镇的沧桑魅力，而不大理会在别处随地可见的兰若的庄严。

与全福寺相比，贞丰桥畔的迷楼的外观和历史，都不具备一个旅游景点的价值，但它却有络绎不绝的探访者。这是南社政治家柳亚子、叶楚伧等人吟咏作赋，抨击时政的聚会场所。在民国初年风雨如磐的岁月，四面环水、与世隔绝的周庄，是个比较安全的避风港。

酒楼为年轻美貌的寡妇所开，人们认为柳亚子在这里追欢买

笑，沉迷其中，遂称此小木楼为迷楼。

迷楼是借用隋炀帝游幸扬州所筑之楼名，有鉴于隋炀帝玩物丧志，宗庙易主的悲剧，有人题额名曰：鉴楼，以此楼为鉴戒之楼。"头颅早悔平生贱，肝胆宁忘一寸丹"的柳亚子，是清末秀才、同盟会成员，曾任孙中山总统府秘书，自然明白别人称呼迷楼的用心，他也心照不宣，日后干脆把自己在此与叶楚伧等人吟和的诗文辑为《迷楼集》《迷楼续集》。

美貌寡妇不见了，小木楼依然矗立在那儿，吱吱呀呀的陡峭木梯踏上一批又一批的参观者，是不是某种精神的感召？封闭的水乡能够掩护革命进步志士的身影，也是他乡无可替代的人文价值。人们来到这儿，既是参观志士仁人从事革命活动的情境，更是来体悟水乡凭水话谈的那种氛围，在夕阳的余晖和秋雨的连绵中，澄清和过滤红尘闹市中所有的纷争和不快。

甪直、同里、周庄，是几百年前乃至千年之前，我们先人生活过的地方，在这儿先人将他们的智慧在水乡泽国的土地上充分地张扬开来，营构出与之相适应的文化形态——民俗、建筑、服饰乃至饮食经验。小镇无疑是我们人类的文化遗产，是一种仍具有生命力的历史遗存，它们以其特立独行的风格和气派，显现出水乡文化的魅力和尊严。在这些破败、歪斜的水乡民居中，流动着一种文化精神，这是吴文化的水乡风情篇，它将深远的过去和无限的未来连接起来，在我们面前展现出真实的生活图景。在流动的河水中，在凝固了的石桥上，在杂沓的小街和空洞的楼阁上，同样凝结着一种历史精神，张扬着一种文化气质，它们以格外的沉静和美丽深深地打动着我们，锁入被现代文明裹挟起来的浮躁的外表和内心，让我们久久地体味它的品格和古朴的魅力。

　　于是，我们在小镇不仅看到了与城市不同的风情，同时也在不知不觉中走进了历史，从时间隧道中回复到往古，不是在电视剧电影中，也不是在人工垒就的人造景点，诸如唐城、宋城、明清一条街里，而是身临其境地亲身感受往昔岁月留下的沧桑，与现代文明所形成的巨大反差，从而获得新鲜异样的审美感受。而这种感受又迥异于中原、西北、西南诸地平原、山区的风格，充满了水的柔情和魅力，显现富庶、平和，宁静而又疏朗的姿态。

　　水乡小镇因水成市，因水成园，河街水巷，自然景观和人文景观融为一体，在现代城市日益趋同的背景中，凸显出个性特征和深沉的文化品格。

　　所有这一切都是因为水，更因为劳动的积累和创造。

感怀苏州

　　一个城市有一个城市的性格和文化特征，阅读者的文化背景、修养、兴趣、着眼点不同，面对它的氛围、文化积淀和历史背景，往往会得出不同甚至大相径庭的结论。

　　我对苏州的感怀，源于《吴郡岁华纪丽》一书，是清代嘉道年间元和（今苏州市）人袁学澜编撰的一部记述苏州岁时风土的作品。

　　记述苏州风土人情、节令时俗，反映社会风尚，城市风光，民间娱乐活动，民众的心理、情趣及其价值取向等丰富多彩生活内容的作品，当以顾禄的《清嘉录》为最。但《吴郡岁华纪丽》所收条目以及引用材料之宏富，为《清嘉录》所不及，所收的材料和内容，相当一部分已超越了风俗的范围，例如涉及学校书院、收租完粮等。

　　翻阅这本书所列每月的吴中风俗内容，以及附录的有关他人和袁学澜本人的有关诗词，在众多的条目中，我特别欣赏这本书卷七中的一则《清嘉录》没有的内容——"书窗灯课"：

　　"夜者日之余，古人读书分昼夜课。昼坐惜阴，夜坐惜灯。焚膏继晷，穷年，何其勤也。囊萤映雪，凿壁燃糠，罔敢懈也。今人有明窗几净之乐，无负薪荷锄之劳，有朝饔夕餐之供，无画粥断韰之苦。驹光过隙，悔不可追。东坡云：'岁行尽矣，风雨凄然。纸窗竹屋，灯火青荧。时于此间，得少佳趣。'此言夜读之乐也。当凉秋七月，雨足郊原，残暑初消，轻衣适体，一灯池馆，窗竹萧萧，展卷高吟，最是人间清福。终日沉酣于酒场歌局间者，不可不知此味。"

　　如此表述读书的快乐，在整体上把这种行径列为吴中民俗，大约不是袁学澜的凭空杜撰，也是其他地方所不可能有的习俗。联想人们所说状元乃苏州特产，明清两代有几十名状元，数以千计的进士、举人，便可知道苏州的读书风气之好，已成为社会的共识。

　　袁学澜在记录这则风俗文字的后面，引注了府志所载的一段故事：说吴县有娶媳妇的，恰逢夜里风雨大作，吹灭了蜡烛，到处寻找火种而不得。这时有人提醒说："南濠都少卿家，有读书

灯在。"其时这个叫都穆的人正落入"斋居萧然，日事雠讨，或
至乏食"的境地，"叩其门，果得火。其老而好学如此"。这个因
陷害唐寅入狱、被后人诟为"人间何物都元敬"的人，品行不端，
于读书却至老不衰。这当然不是都元敬所特有的习惯，在整个吴
中地区这种风气的深入人心，如同不灭的火种，是其他地方的人
所不及的。

重视学习教育，是历代统治者和被统治的各阶层人士，在价
值关系和利益冲突以及行为取向上能够达成的一个共识，尽管各
自的出发点和终极目标不尽相同。但如苏州这样蔚然成风、上下
老幼都身体力行的确乎不多。

从历史的发展来看，苏州地区所具的这种学习风气，是随着
社会生产力的不断提高而逐步形成的，反过来它又推动了社会的
进步和发展。这个良性循环的肇端是北宋时期。

什么样的经济形态便会产生什么类型性格的人，远古"江
南之俗，火耕水耨，食鱼与稻，以渔猎为业"，生活其间之人由
于适应自然条件的生存需要，而"断发文身"，民风强悍，与中
原地区多慷慨激昂之士差不多，而喜欢讲武——"吴有发剑之
节""吴俗好用剑轻死，又六朝时多斗将战士。"具有流氓无产者
习气的专诸、要离，便是吴地这种尚武、好剑轻死人物的代表。

吴国在阖闾手上变成可以与中原其他诸侯国家一争高低的五
霸之一，是因为吸收了中原先进文化和生产力的结果，铁器的使
用，耕作方法的改进，在这块水乡土地上初试锋芒以后，便渐渐
地消解了这儿愚昧、野蛮的气味。这个变化进步的过程不是一蹴
而就的，而是长达千年之久。在文化的追寻上，苏州人引为自豪
的是南方夫子言偃，作为孔子唯一的南方学生的言偃为南方之学

的始祖，就出自这片水乡泽国的常熟地区。但从其后的实际影响和作用上看，言偃只能是个形象而已，不具备普及文化的实在的意义。认同这个祖宗对号召学习当然是个推动，有没有这个远古祖先的榜样，对尊崇先祖的后人来说毕竟是不一样的。

走出这种农耕粗俗性格形成的环境，必然是社会取得进步、仓廪足而知礼义以后。对于苏州来说，发生根本变化体现时代进步的年代是北宋，是北宋开始了这种文明的进步，从而走出了历史的回响。

南方相对安定较少战乱的社会，丰富的自然资源，加上北方许多有钱人和才干之士的纷纷南来，进一步促进了南方经济的发展和文化的繁荣。有了厚实的物质基础，才有了被后人描

绘的社会现象:"吴趋风气,日变益新,如五音之繁会,五色之陆离。"

北宋时期的吴人朱长文这样表达了对自己家乡的由衷赞美:"自钱俶纳土至于今元丰七年,百有七年矣。当此百年之间,井邑之富,过于唐世,郛郭填溢,楼阁相望,飞杠如虹,栉比棋布……冠盖之多,人物之盛,为东南冠。"

这个"东南"自然包括了杭州在内的整个苏杭嘉湖平原,这片广袤的冲积平原上,它湿重的空气和相适应的人文形态,是与北方迥异的风情,人们称之为锦绣江南。"为东南冠"就是说苏州走在了整个江南的前头。

这个排序是历史发展的必然,在唐代苏州就是仅次于长安的大都市,并且也为以后的社会的发展事实所证明,它的文化的积淀在整个江南似乎也更胜一筹,这个文明的表征有诸多方面,概括起来有主要两条,一是这个地方富庶,"太湖熟,天下足",风物清嘉,自然景观和人文景观密集。二是历代的功名之人如状元、进士、举人多于他地,也就是所说的"衣冠之薮",据近代朱彭寿的《旧典备征》统计:"本朝自顺治丙戌至光绪甲辰,凡殿试一百十二科,各省人擢大魁者分志如左:……江苏四十九人……浙江二十人……"这258年中,江苏的49位状元里,苏州一府就有26位之多,而浙江的20位里,杭州府只有6位。这多少从一个侧面说明了"上有天堂,下有苏杭"的排序的一个因由,也是"为东南冠"的有力的注脚。

功名之人繁多,说明教育的优良。自吴县人范仲淹大力提倡教育,倡建府学,随后苏州城乡各地又相继有了县学、乡学,一层一级都建有学校,教育体制在这块水乡地区有了密集的网络，这使得改善社会风气、引导向上的精神力量有了可靠的保证。

教育是恢复人性、改变素质的根本途径，"惟学为能变化气质耳"。所以有人总结这方面的经验说："自范文正公建学，将五百年，其气愈盛""人材辈出，尤为冠绝。作者专尚古文，书必篆隶，骎骎两汉之域，下逮唐、宋未之或先。"

在物质文明和精神文明兼具的地方，可以想见所透露出来的社会风气和城市素质是如何地不同凡响，以及其间的民众会有什么样的文明教养。教育的提倡和学习的价值认同，使苏州人完成了从"好剑轻死"到喜好读书的根本转变。出现在我们视野中的这个城市形象，也从一座充满争战杀戮的水城，变成水声和读书声交融汇合的宁静的家园。

世界上任何文明的产生和发展都离不开水，江南苏州有着这种充分的自然资源，在这个水乡，它的外在特征便是桥多水长，盛产鱼虾，人们种植水稻，栽桑养蚕，丝棉织物，积累了丰富的具有水乡特色的物质形态的文明，自给自足而有余。靠着它的富庶，推动着学习教育的机制成功运行，读书上进、诗书继世便是个人人生和整个家族的崇高追求，在整个城市里诵读诗书之声不绝于耳，日积月累便成了传统，成了崇尚知识的温柔敦厚的地域。

对于一座历史文化名城、有着浓郁水乡风情的江南城市来说，苏州古老城墙所围裹的14.2平方千米的小城，二三十万人口，它的封闭状态，它的富庶，它的漂浮在水面上的格局，它的社会生活的节奏，与农业文明的生产方式互相映发，透露出安详从容的潇洒与自得。

　　这是一座令所有向往文明和进步的人无不陶醉的轻盈精巧的城市，道路的双棋盘格局，车和船交映的出行方式，居民悠闲的生活，它的包括戏曲、饮食、工艺的文化形态和诸如丝绸这样的物质文化，都流露出一种唯美的审美倾向。

　　富庶美丽加上温柔敦厚，作为一个城市便无疑会给人一个文质彬彬、白面风流书生的印象，如同《牡丹亭》中的柳梦梅。它充盈着浓烈的人文气息、点缀着众多妩媚而不是雄浑的自然景观，就使整个苏州有了有别于他处的味道、情趣。这个味道是带着水味的，渗透在社会生活和文化形态的方方面面，一如茶壶里氤氲的水汽，一如书场中行云流水的弦索声，一如船只的欸乃，以及说话语调的婉转明亮，一切如流水。冲淡平和的生活态度、随遇而安的处世准则，造就了苏州人及这座城市温和的品格。

　　一个人文景观与自然景观相得益彰的礼仪之邦，它熏陶教育出来的学子，从理性上服膺于道德准则和社会良知，也就更懂得什么是义什么是理，什么是人格尊严和操守，什么是信仰和理念，在行为和实践上也就更执着更坚定更顽强更有韧性，因此它从不缺少视死如归的壮士，扶正祛邪的勇士，匡扶救国的忠臣，辅佐君王的良相，经国济世的饱学之士，视操守为性命的遗民贤良，艺术卓绝的书画、金石大家，享誉古今的梨园子弟，巧夺天工的织女绣妇和鬼斧神工的能人巧匠，倾国倾城的绝代佳人……

　　苏州是温馨的，对于居家过日子以及与诗书相伴的文化人来说，无疑是最相宜的，可以说苏州是能够充分体现农业文明方方面面的成就并达到极致的一片土地，它没有帝王冠带毓冕的光环和镇关守钥的雄险峻峭的王霸之气，也较少充分世俗化的精明盘算的市侩之风，庄重而不失柔媚，典雅而不乏活泼。如果把城市比作一座庭院，我愿意在苏州的大门上贴上这样一副门联：忠厚持家久，诗书继世长。

131

红栏三百九十桥

　　两千五百多年前，伍子胥受命作阖闾大城，"相土尝水，象天法地"，在太湖下游处的江南平原上建筑了最早的有水陆城门各八座的苏州土城。

　　一座水上的城市就这样诞生了。

　　这是后人形容为拥有三江五湖之利的地方。唐人张守节在《史记正义》中，对"三江既入，震泽底定"有这样的解释："三江者在苏州东南三十里，名三江口。一江，西南上七十里至太湖，

名曰松江，古笠泽江。一
江，东南上七十里，至白
蚬湖，名曰上江，亦曰东
江。一江，东北下三百余
里入海，名曰下江，亦曰
娄江……五湖者，菱湖、游
湖、莫湖、贡湖、胥湖，皆
太湖东岸五湾为五湖，盖古
时应别，今并相连。"

尽管韦昭和后来的《履
园丛话》的作者钱泳，对"三
江五湖"有不同的解释，但
苏州城位于水乡泽国之中是
确切的。

无法知道伍子胥为什么
选择在这样一个河荡星罗棋
布的地方建造都城，是筑好
了城才开挖疏通了河道，还
是有意识地在水网密布的地
方筑城？要知道在水乡地带建筑土城，是比在旱地筑城更为困难
多少倍的事。或许是因为水陆交汇的城池，更利于攻防战备？还
是水多更利于舟楫交通，抑或是吴人生活习惯使然？

不管出于什么考虑，同样可以肯定的是，这是一个鱼米之
乡。难怪越国上大夫范蠡对越王勾践叙说吴越关系时，有这样一
番认定："孰使我蚤朝而晏罢者，非吴乎？与我争三江五湖之利

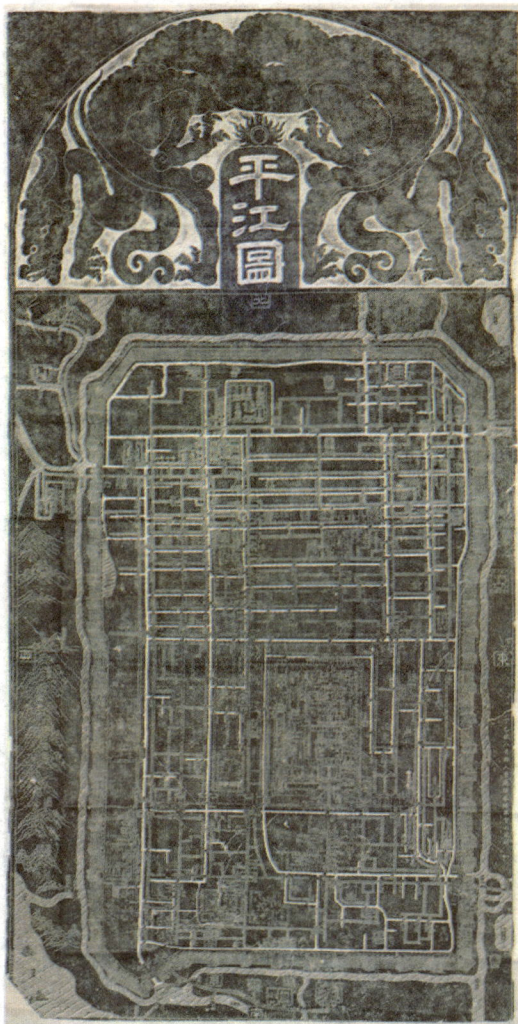

者，非吴耶？”

扩充地盘和掠夺财富，争强称霸，导致了吴越之间长时间的战争，我们后人也闻得见吴越战争的硝烟，看见了用美女作引子，上演了一场没有正义和是非的交恶。

这样一座漂浮在水面上的城市，杜荀鹤在《送人游吴》的著名诗篇中形容为："君到姑苏见，人家尽枕河。古宫闲地少，水港小桥多。夜市卖菱藕，春船载绮罗。遥知未眠月，乡思在渔歌。"既印证了水城的说法，也直白地告诉人们这是一个富庶的人间天堂。用不着推敲这是不是夸饰之词，事实是，在唐代这是江南唯一称得上是"州雄土俗强"的地方，"人稠过扬府，坊闹半长安"，相对杭州来说，在人口和财力等经济方面，似乎更胜一筹。

公元 825 年白居易做苏州刺史时，苏州城市格局为"七堰八门六十坊"，呈现出水陆平行，河街相邻，前街后河的双棋盘式城市格局；城河围绕城垣，城内河道纵横，桥梁星布，街道依河而建，民居临水而筑。无论是七堰八门六十坊，还是前街后河的双棋盘，纵横交错的陆路、水巷，"处处楼前飘管吹，家家门外泊舟航"的水城，横架在道道水面上、宛如彩虹彩带一般的桥梁究竟有多少？

白居易脱口吟出了这样的诗句："绿浪东西南北水，红栏三百九十桥。"

诗人的吟诵不是没有根据，苏州现保存着一块我国最早最完整的城市平面石质地图，就是闻名遐迩的《平江图碑》。北宋政和三年，苏州升为平江府，这块在南宋绍定二年镌刻的城市平面图上标明的苏州水系共有十四横六直，总长度 82 千米，图中记有二重城垣及水陆 5 门、坊表 61 座、桥梁 359 座……

苏州城内桥多若繁星，在一平方千米范围内就有 25 座之多，一步两桥，三步两桥也就不是夸张之语。唐时多为木桥，木梁木栏髹以红漆，便是诗人笔下的红栏、画栏，岸边垂柳绿杨，映衬着桥下的清流白水，一幅多么耐人寻味、富有水乡特色的美丽景象。

宋代苏州城内的桥梁比唐时又多了一些，有人说是"画桥四百"，范成大则指出，"今图籍所载者，三百五十九桥"，这些红栏桥多为石桥所替代，"吴郡昔多桥梁……逮今增建者益多，皆叠石甃甓，工奇致密，不复用红栏矣"。石桥大都为曲拱式，这是自隋代赵州桥开始的民族桥梁风格，那一弯半圆形的弧度倒映在水里，既方便了欸乃过往的船只，又平添了几许水乡的诗情画意。

无论是现代意义还是古典情怀，桥都是文化意义的象征。它的风格气派，都是与当时的经济文化水平相适应的产物，是劳动和智慧的结晶，同时也是审美的一种直接结果。

在水乡苏州，桥不仅仅是利于行人交通的孔道。《吴门表隐·卷二》："花桥，每日黎明花缎织工群集于此。素缎织工聚白蚬桥。纱缎织工聚广化寺桥。锦缎织工聚金狮子桥，名曰立桥，以便延唤，谓之叫找。"

这座花桥，就是白居易《梦苏州水阁寄冯侍御》"扬州驿里梦苏州，梦到花桥水阁头。觉后不知冯侍御，此中昨夜共谁游"一诗里的花桥。这位"君是旅人犹苦忆，我为刺史更难忘"的诗人，患眼疾离任苏州，但他依然心系这座城市，而记忆最深处的竟然是这座跨越临顿河上的小石桥！苏州城最为繁华的是玄妙观，观内的机房殿，是丝织工人的聚会之所。不同工种的丝织工人分布在玄妙观东北的花桥、西北的广化寺桥、东南的白蚬桥、西南的金狮子桥四个不同的方向等待应召。这是明清两朝，苏州丝织工人生活状况的记录。他们安身立命等待"叫找"的桥，成为人们生存方式的标识，是自发形成的露天劳动力市场，也是资本主义萌芽，社会分工细化的一个见证。

不仅如此，桥还和民俗风情发生紧密的联系，吴俗之一的"走三桥"最具特点，《清嘉录》在正月风俗中介绍："元夕，妇女相率宵行，以却疾病，必历三桥而止，谓之走三桥。"具体如何走呢？《吴郡岁华纪丽》援引《宛署杂记》所说："元夕妇女群游，祈免灾咎。前一人持香辟人，名曰走百病。凡有桥处，三五相率以过，谓之度厄。"这真是一个十分好看好玩的节目，在元宵灯节之夜，稠人广众之间，忽然出现了一队队衣着鲜亮，打扮入时的妇女，排头一个手持香烛前引，后面逶迤而行，穿街越桥，这时桥头桥身必定人头攒动，盛况空前，桥成为全民欢乐的场所标记，也是延年益寿的健身场地。

　　桥在苏州还是地理位置的某种方位标记。白居易说姑苏有六十坊，坊是中唐以前都市管理"市坊制"的区域划分，宋人范成大编撰的《吴郡志》在卷六的"坊市"一节中，标注这六十个坊市，皆以乐桥为坐标，标明方位：乐桥东南，有孝义坊、绣锦坊……，乐桥东北，有干将坊、真庆坊……，乐桥西南，有武状元坊、平权坊……，乐桥西北，有西市坊、嘉鱼坊……可见乐桥的地理位置之重要，是一个居中四方的闹市所在。乐桥始建于春秋，是苏州著名古桥之一，原名"戮桥"，是古代行刑杀人的地方。在闹市口杀人，其用意无非是杀鸡给猴看，就好像昔日的游街示众一样，起震慑作用。戮桥名字的不雅是明显的，温和的苏州人于是依其音，改名为乐桥，相沿至今。如今的乐桥自干将路拓展以后变成了一座立交桥，是时代的变化造就了它新的模样，今人和后人是难觅古老的影子了。

　　离乐桥东南方不远，同是春秋时始建的苏州著名古桥，给人们另一种诗情画意感觉的，飞跨苏州另一条横向水系、东西走向的乌鹊桥。它的得名，宋人朱长文在《吴郡图经续记》中说："乌鹊桥，在郡前。旧传有古馆八，曰全吴、通波、龙门、临顿、升羽、乌鹊、江风、夷亭。此桥因馆得名。"吴王命名"乌鹊"之意不详，但其后曹操的《短歌行》里的"月明星稀，乌鹊南飞。绕树三匝，何枝可依"该是文人所熟悉的句子。远在唐代，这是一座于两岸高高架起以利舟航的桥梁，规模也一定不会很小，白居易在《送苏州李使君赴郡二绝句》中有"馆娃宫深春日长，乌

鹊桥高秋夜凉"的句子，可作佐证。在诗人的眼中，峻台之上的吴王宫里的馆娃宫和这水面上的乌鹊桥，无疑都是苏州悠长历史的人文标志。这个认识在他的《登阊门闲望》一诗中有着更为充分的体现，诗人登上城门，眼前的景致是"阖闾城碧铺秋草"，接着写出的是不在视野之内的"乌鹊桥红带夕阳"，可见乌鹊桥在苏州的城市格局中是怎样的一个位置。刺史大人对乌鹊桥似乎一往情深，信步闲行也忘不了这个地方。春节期间，他冒着严寒出来散步，从西北到东南，漫游了小半个城，走着走着，就徘徊到乌鹊桥附近了，于是有了关于苏州水城最负盛名的诗篇：《正月三日闲行》。正是在这首诗中，诗人歌吟出了对苏州出色的描绘："黄鹂巷口莺欲语，乌鹊河头冰欲销。绿浪东西南北水，红栏三百九十桥。"如今的乌鹊桥，已是平坦的石桥一座，位于苏州东南宾馆区十全街和五卅路的交会口，在苏州市区里的众多桥梁中，已没有什么明显的特点了。

这是一个多水也多情，多水也富含历史的地方。在积淀了深厚文化的古城苏州，它的每座桥梁都能够被赋予相当的文化色彩，有着深厚的历史渊源，诸如饮马桥是东晋高僧支遁饮马之处，皋桥是汉代议郎皋伯通的住地，还有苑桥为吴王阖闾苑囿游憩之地，等等。桥梁的命名反映了吴地文化的历史渊源和民俗民风的特点。

这差不多是如今苏州城里的桥梁风光，它所蕴含的美丽在城池郊外能得到更多的观照和体现。

明人高启说"画桥三百映江城，诗里枫桥独有名"，枫桥处于古代水陆交通的要道，这座因为张继的诗歌而名声大噪的单曲拱桥，的确在文人的忆念中显得最有文化价值，所有慕名去寒山寺的人，没有不去登临枫桥的。现如今，由于水路交通的冷寂，枫桥早已没有了昔日的繁忙，而显得格外沉静。这座始建于唐代的古桥，它的盛名是文化意义上的，从它的跨度所呈现的美感来说，却并不是最出色的。

与枫桥在同一条古运河上的下津桥和上津桥，历史的风霜远不如枫桥那么厚重，它建于明代，因为它俩的跨度大大超过枫桥，因而在外形特征上更加魁伟、舒展，显示出潇洒的气派，直如同五彩虹霓抛引在清水绿波之上。

比上述桥梁更有气势、跨度更大更高的单孔石拱桥，是盘门外"步入吴门第一桥"的吴门桥。它与苏州目前保存得最好最完整的古城门——盘门、瑞光塔一道构成了闻名遐迩的"盘门三景"。在苏州无数的河浜、水道上，古老而又富有民族风格的曲拱桥中，吴门桥无疑是最具代表性的。风波不定的宽阔的外城运河上，樯橹迭张，突突突的机轮的轰鸣，牵浮着长长的船队，从远处缓缓而来，慢慢地通过吴门桥洞，动与静，活力与苍劲，组成了一幅生动的图画。它不仅是交通便达的通道，也是供人们游玩、欣赏的人文景点。

明人王稚登有一首名为《湖上梅花歌》的诗："虎山桥外水如烟，雨暗湖昏不系船。此地人家无玉历，梅花开日是新年。"在苏福公路未通的古代，从苏州城里出发到与世隔绝的古镇光福、邓尉一带探梅旅游，虎山桥是必经之地，也是水路舟楫停泊上岸之所。这是跨龟山、虎山之间的一座桥梁，西边是下崦（西崦）湖，可通太湖；东称上崦（东崦）湖，下连光福塘。《吴郡岁华纪丽·卷二》说："二月中旬，郡人舣舟虎山桥，禊被遨游。舆者、骑者、屣而步者、提壶担榼者，相属于路。"极目远眺，

一边是浩渺的三万六千顷的太湖，烟水苍茫，另一边是如黛、如屏的青山，湖光山色自有一派开阔的气势，梅花开时，香气四溢，蔚若雪海。虎山桥因此在苏州人的眼里成了吴中十二胜景中的排头兵。清人姚承绪作《吴趋访古录》，在虎山桥一诗的前言中写下了这样的文字："两峡一溪，画峦四匝。有湖在其中，名西崦湖，阔十余里。堤上桃柳相间，红绿灿烂万丈锦，落花染湖水作胭脂浪，画船箫鼓，往来游燕，不减武林、西湖。"

以陆路交通为主的现代，虎山桥的冷寂是必然的。但它有过的辉煌却是写在历史上的，难保有一天，当生活在快节奏里的都市人需要放松身心，回归自然，把目光重新投向水和船上时，虎山桥便会再次赢得自己的风光。

春天带给虎山桥的欢乐，秋高气爽的农历八月也同样给了茶磨山下石湖畔的行春桥。这座被称作小长桥的桥有九个环洞，"长虹卧波，空水映发……八月十八夜，吴人于此串月，画舫徵歌，欢游竟夕"。

在苏州看串月之地不唯行春桥一处，葑门外澹台湖宝带桥亦有串月之说。

从苏州南门的运河码头乘船往浙江航行，未出城外几许，船舷右侧便可见一条长桥旁卧水上。这是始建于唐，重建于宋，明代正统年间重修的长桥，三米多宽，却有 300 多米长，它跨越澹台湖上，"洞其下，几五十有三，而高其中之三，以通巨舰"。这个澹台湖，就是以春秋时人澹台灭明名字命名的湖泊。《吴县志》记载：桥是唐元和年间苏州刺史王仲舒捐赠自己的一条玉腰带作为工费兴建的，所以称宝带桥。无法证实这种说法的真实程度，但是整座桥梁所显现出的外形模样，恰是一条宝带似乎更为形象。在诗人们的眼中，这是一个可以览胜的地方，"一帆秋水白，七子远峰青。烟水无边际，渔歌入杳冥"，便是站在桥畔的

即兴吟诵。它已不再承重通行车辆了，桥上的青草蔓延，人们宝贵这横波水上的玉带，那不仅是座实用的桥，更可以说是水上的工艺品。春末时分，站在桥头眺望，小船经过犁起的浪波轻拍着桥身，发出有节奏的哗哗声，连片成方的良田里盛开着望不到边的黄灿灿的菜花，刺得人睁不开眼。

虎丘路北端跨越山塘河的望山桥，这座昔日白居易眺望虎丘山的地方，满眼的青翠苍绿，右侧是一泓白水的七里山塘。这条仅仅长约七华里的苏州最著名的小河上，就有普济桥、胜安桥、青山桥、绿水桥等十座桥之多，连同附近的支流港汉上的石板小桥，《桐桥倚棹录》的记载竟有五十多座。正是这些横跨河上的桥梁，营造了苏州的繁华。没有这些化深渊为通途的桥，是无法构建起苏州的水乡文化特色和姑苏梦一般的温柔富贵的。

水是苏州的温馨，桥就成为苏州人的梦。在水乡泽国的苏州，能够免病涉之苦的，除了舟楫，便是桥。在农业文明的社会里，修路造桥是积德行善之举，是最直接、最昭彰，也最有行为价值的公共利益体现，无疑也是道德皈依的准则衡量，对于官府也是其德政的首善之举。

苏州东南方的葑门外有座觅渡桥。相传，这儿河宽水大，仅有渡船可供过往，但渡工却借此敲诈、欺凌行人，昆山僧人敬修也几遭其厄，于是这位佛门弟子发下宏愿募捐修桥，桥成后取名为"灭渡桥"，后经重建重修，曾是一座跨度超过吴门桥的大型孔桥。消灭渡船之厄，代之以利民济世的现实关怀，这在中国古往今来的城乡建设史上，是司空见惯的现象，用现在的话说是人道主义精神的体现。但在水乡苏州，这种举措更有表率作用的感召力，它不用官府投资，完全是民间行动，不收费，不讲究回报，一石一砖的垒砌所体现出来的精神是无私的，这种关爱，唤起的是后人的敬意。

相同的情况出现在阊门外古运河上的渡僧桥。传说僧人渡河不便，折柳浮水而过，众人因此募捐建桥。僧人折柳浮水，只是一次善举的由头，剥去了神话传说的外衣，它的内核却是社会动员做好事的一种表征。这类故事的屡试不爽，表明了人心深处的向上向善的愿望，江村桥、裕棠桥，都是这种行事留在苏州水巷上的久长而又难以磨灭的文化记忆。

在南宋年间尚有着359座桥之多的城市，被意大利旅行家马可·波罗称为东方的威尼斯，是完全名副其实的。自宋以后，水城苏州的水系情况有了一些变化。明代的城中水系较宋代有所增加，但是到清代嘉庆以后，集引排水、运输、防御、调节气候于一体的内城河道，却日渐淤塞而遭到严重的填塞。镶嵌在景德路城隍庙工字殿上的《苏郡城河三横四直图》碑，是清代嘉庆二年（1797年）镌刻的，图中标明的内城河道有三横四直，长度仅为57千米了。不难想见的是，随着河道的填塞，河上的桥梁也自然会被拆除毁弃。情况当然没有到此为止，现如今城内的河道仅有35千米，有多少桥梁遭到了毁弃？据新修的苏州市志统计，明代以来苏州城内外共废毁、拆除桥梁289座，其中明代2座，清代126座，民国期间45座，1949年以后116座。拆拆建建，苏州桥梁目前仅有168座了。而且这些仍在为人民服务的桥梁也被改造得只是平整马路的一部分。苏州已经不能随处可见小桥流水了，与其他城市比起来，它的风情韵味减弱了许多，这实在令人扼腕叹息。

这是社会前进的需要，还是对古城的保护不力？

苏州多水，水至柔。它的历史是水，它的风韵也是水。是水烘托出了这座名城。是水，是小桥吸引了人，衍演成小桥、流水、人家。它的文化是从水上飘起来的，是桥梁架设起来的，是文人们面对这些有别于他处的风情吟咏起来的。少了水少了桥，苏州还会有水乡风韵吗？那么，对于水乡的回忆和向往，人们就去周庄、同里、甪直，去看桥看水，去怀旧，去品读极富个性的水乡文化……

重过阊门

　　题目是套用贺铸《鹧鸪天》里的句子："重过阊门万事非，同来何事不同归。"阊门作为苏州的代名词，并非自贺铸始，早在公元 3 世纪末的西晋才子陆机在《吴趋行》中就说："吴趋自有始，请从阊门起。阊门何峨峨，飞阁跨通波。"阊门就成了苏州的象征。我之所以选用这句词观照苏州，是因为想说说苏州的城垣轮廓，今昔相较也让人生发出物是人非的感怀。

　　苏州是座有 2500 多年历史的古城，这个来历说法源自吴王阖闾造城之初，也就是苏州有城垣之日起。其实在阖闾造大城之前，吴王诸樊由无锡梅里迁都于此，就先行造过一座城围仅五里的小土城，也正因为它太小，苏州人就忽略不计了，而把阖闾大城作为起始。

　　这座城垣经得起历史的检验，即便是在 2500 多年后的今天来审视，它的城垣位置和城内的河坊格局，也没有太多的变化。正是与 2000 多年前大体如旧的城垣，才能引发我们今人的观照，自然也不难想象 2000 多年来的无数先贤圣哲，曾经如我们一样面对过这样的历史陈迹，套用张若虚的诗："人生代代无穷已，江月年年望相似。"经历了岁月沧桑的城垣，自然能唤起我们的历史幽情。

苏州城池的建造，是跟伍子胥分不开的。伍子胥名员，楚国人，父亲伍奢是楚国著名将领，公元前 522 年，伍奢因直言被楚平王所杀，伍子胥从楚国辗转逃到吴国。一开始他并没有急切地立马要报父仇，而是首先着眼于帮助阖闾实现雄图霸业，从基本事情做起。《越绝书》中有这样一段记载：

"伍子胥父诛于楚，子胥挟弓，身干阖庐。阖庐曰：'士之甚，勇之甚。'将为之报仇。子胥曰：'不可，诸侯不为匹夫报仇。臣闻事君犹事父也，亏君之行，报父之仇，不可。'"

伍子胥是真正实行了"君子报仇，十年不晚"这句话的人。在帮助阖闾除了吴王僚谋夺政权以后，他还开挖了一条利于运粮、运兵的河道，后人称为"胥浦"。他帮助吴王成了霸业，打败了楚国，直到开棺鞭尸楚平王，在成就功名后报了杀父之仇。不幸的是，这位吴国的贤相像他父亲一样以直言而罹祸，但吴国人崇敬这位忠烈者，立庙为他祭祀。胥门内有伍相祠、伍子胥弄，把他所葬的山丘命名为"胥山"，足见他留给苏州人的印象是如此之深。

阖闾元年（公元前 514 年）伍子胥奉命"相土尝水"，筑苏州城，开始了他在苏州历史上浓墨重彩的一笔。关于这个决策，《吴越春秋·阖闾内传》有这样的记载：

"阖闾曰：吾国僻远，顾在东南之地，险阻润湿，又有江海之害。君无守御，民无所依，仓库不设，田畴不垦。为之奈何？子胥良久对曰：臣闻治国之道，安君理民是其上者。阖闾曰：安君治民，其术奈何？子胥曰：凡欲安君治民，兴霸成王，从近制远者，必先立城郭、设守备、实仓廪、治兵库，斯则其术也。阖闾曰：善！夫筑城郭，立仓库，因地制宜，岂有天气之数以威邻国者乎？子胥曰：有。阖闾曰：寡人委计于子。"

　　据《越绝书》记载：伍子胥为阖闾建造的"吴大城，周四十七里二百一十步二尺。陆门八，其二有楼。水门八。"这是在战备情况下建造的城垣，其目的不仅是对付西边的楚国，更是称霸中原的雄图霸业的需要，陆门和水城门同时并举，陆城门旁有水城门（水关）。

　　那开河挖渠、夯土垒石的声音仿佛穿过历史时空，至今都在拍击着我们的耳膜。与北方春秋诸国在山岭和平原地区筑城比较，水网地带的运石取土，自然要困难得多，然而它相沿相续到了今天，不能不说是个奇迹。阖闾大城的规模宏大，八座城门分别是：西面阊门、胥门，南面盘门、蛇门，东面娄门、匠门，北面齐门、平门。从西到东，"邑中径从阊门到娄门，九里七十二

步，陆道广二十三步"；从北往南，"平门到蛇门，十里七十五步，陆道广三十三步，水道广二十八步"。当年的城墙结构是板筑土城，而非今日的砖石，随着岁月的流逝和朝代更迭的实用需要，城门位置有了一些变化，有的史籍记载无平门而有蓔门；宋初，蛇、匠二门填塞；民国后又辟金门与平门，1949 年后又增辟南门，后又拆除。如今我们已渺不可寻娄门、平门、蛇门、匠门的遗迹，"只闻其名不见其门"了，唯有完整水陆城门的盘门、残破的阊门和胥门，在朝霞和夕阳中默默地静立着，但那也是明清以后修补过的砖墙了。

残破是有缺陷美的。今天我们再一次经过阊门时，看到的只有一段低矮的城墙和小半个石质门拱，砖墙缝隙处，杂草芜蔓，了无可观之姿。这个不折不扣的昔日的阊门，它的荣衰所衬托出的巨大反差，正是撩起人们关注目光的奥秘，苏州往昔的繁华和不幸全都留存在它的记忆之中——

阊门是西城门，据前人的描绘城上楼阁极其巍峨雄丽，为八门之首，《吴越春秋》记载，"立阊门者，以象天门，通阊阖风也"，阊阖就是传说中的天门，阊阖风是秋分之时的风，我国二十四节气的八节风中，"西方兑风，名曰阊阖风，主秋分四十五日"。因为这个门在西边，而楚国在西方，"吴伐楚，大军从此门出"，所以阊门也称"破楚门"。

"春秋无义战"，各国在争霸称雄时最为看重的自然是攻防战备条件，阊门的重要性可以想见。除了建筑规模外，阊门成为八门之首还有一个不可忽视的原因，它是个水陆交通的要道，也就是陆机所说"吴趋自有始，请从阊门起"的意思。隋开挖大运河后，到唐代时，苏州城门的城濠是引用的大运河的水，从大运河扬帆而来抵达苏州时最先落脚的地方是阊门码头，从陆路驰骋进入苏州这儿也是最近的关口。交通的便利是社会发展的要素，阊门的繁盛就不言而喻了。"自阊门至枫桥十里，估樯云集，唱筹邪许之声，宵旦不绝，舳舻衔接，达于浒墅。""两湖江皖米艘泛舟而下，漏私海舶又皆麇集于此。"反衬阊门似一座城堡，虽然它的雄浑壮丽反而变得不再起眼了，它身前身后的繁华却成了历代诗人们歌咏的内容，唐代的诸多诗人，例如，张籍的《送从弟戴玄往苏州》："杨柳阊门路，悠悠水岸斜。乘舟向山寺，著屐到渔家。夜月红柑树，秋风白藕花。江天诗景好，回日莫令赊。"李绅的《过吴门》："烟水吴都郭，阊门架碧流。绿杨深浅巷，青翰往来舟。朱户千家室，丹楹百处楼。"都是通过阊门的角度来描绘苏州风土人情和繁盛的佳作。

进入阊门就是进入了苏州城，而立即能感受到的便是它的水乡风光和繁华、富庶，这是区别于全国其他交通枢纽以及北方城市最鲜明的特色。用文学语言来形容和概括这个特色，并为人们所长期传诵的，便是唐代诗人杜荀鹤的《送人游吴》：

> 君到姑苏见，人家尽枕河。
> 古宫闲地少，水港小桥多。
> 夜市卖菱藕，春船载绮罗。
> 遥知未眠月，乡思在渔歌。

这个特色，对于苏州来说，是社会相对稳定的成因。北方的频繁战乱、烽火连三月的情况在南方，特别是苏州地区较少发生，再加上自然条件优越，山温水软、物产富饶、人文荟萃，苏

州较北方地区更显出社会前进步履的平稳和快捷，逐渐成为全国漕粮税赋的重要来源地。

苏州城墙在吴越春秋后，所围裹着的是地域特征明显的文化和经济，而不是如南京和北京那样的皇权政治，呈现出"人烟树色无隙罅，十里一片青茫茫"的繁华景象。明清两代，城垣的防御功能日见萎缩，而成为一种象征，它的繁盛走向顶峰。

公元825年春至826年秋，出任苏州刺史的白居易登上了阊门，并写了首《登阊门闲望》，对于这个城市他有这样的感怀：

> 阊门四望郁苍苍，始觉州雄土俗强。
> 十万夫家供课税，五千子弟守封疆。
> 阊闾城碧铺秋草，乌鹊桥红带夕阳。
> 处处楼前飘管吹，家家门外泊舟航。
> 云埋虎寺山藏色，月耀娃宫水放光。
> 曾赏钱塘嫌茂苑，今来未敢苦夸张。

白居易是位于长庆二年（822年）先行在杭州做过刺史的地方官，曾疏浚西湖，修筑白公堤。正是这位离任杭州时不无骄傲地说过"唯留一湖水，与汝救凶年"的大诗人，在出任苏州刺史一年多的任上，也同样留下了值得后人礼敬并受益无穷的政绩——修筑了七里山塘。他眼中的苏州城与日后杜荀鹤看到的是一个模样，是个较杭州还繁雄的人间天堂。700年后，到明代弘治年间，虽历经战争以及自然灾害，沧桑岁月并没有根本改变这座水城，诗人兼画家唐寅笔下的苏州依然是这个风貌，且有更大的发展变化：

长洲茂苑古通津，风土清嘉百姓驯。

小巷十家三酒店，豪门五日一尝新。

市河到处堪摇橹，街巷通宵不绝人。

四百万粮充岁办，供输何处似吴民？

具体到阊门，诗人这样写道：

世间乐土是吴中，中有阊门更擅雄。

翠袖三千楼上下，黄金百万水西东。

五更市买何曾绝，四远方言总不同。

若使画师描作画，画师应道画难工。

门称阊阖与天通，台号姑苏旧帝宫；

银烛金钗楼上下，燕樯蜀柁水西东。

万方珍货街充集，四牡皇华日会同；

独怅要离一抔土，年年青草没城墉。

像这样能够长久地保持繁荣昌盛的城市实在为数不多，白居易时全国最繁华的城市是长安，苏州是比杭州还要热闹的地方，安史之乱之后，长安城急剧地衰败下去，再也无法同苏、杭二州相埒。数百年乃至上千年的物质文明的积累，使得这个水乡泽国有了更长足的社会发展，成为江南锦绣之地。

在这样一个商品经济发达的地方，水陆交通的便利，风水宝地的阊门是姑苏最为繁华之所，阊门内外的吴趋坊、南浩街、

山塘街以及东、西中市一带，富商大贾云集，"金阊之列肆，锦绣成堆；两濠之牙行，百物充栋"，随之而来的娼妓业也相当发达，"苏州娼妓家在洪杨之难以前，皆在阊门外，自鸭蛋桥至枫桥，十里香城，连接不断"，所以曹雪芹在《红楼梦》第一回中这样写道："……这东南有个姑苏城，城中阊门，最是红尘中一二等富贵风流之地。"这个评价不虚，我们在乾隆年间画家徐扬以实景描绘的长卷《盛世滋生图》中，可以清晰地看见阊门附近的景象，那实在是商家比屋连云，人们摩肩接踵的一派繁华。

除了军事上、交通上的重要因素，使阊门在苏州有了举足轻重的位置外，还有一个原因就是城门外的西北方不远处，是吴王阖闾的坟茔所在。《越绝书》是这样说的："阖庐冢，在阊门外，名虎丘……千万人筑治之。取土临湖口。筑三日而白虎居上，故号为虎丘。"这个名叫虎丘的墓葬地，在南朝时就因其"绝岩纵壑，茂林深篁，为江左丘壑之表"。白居易做刺史时，游览虎丘"一年十二度，非少亦非多"，南宋诗人范成大说"一年一度游山寺，不上灵岩即虎丘"，苏东坡则说"到苏州不游虎丘乃憾事也"。虎丘成了吴中第一胜迹，自然也是今日苏州的一个著名旅游景点。白居易开挖七里山塘后，"民始免病涉之苦"，就是方便人们去虎丘的缘故，白居易自己也说："自开山寺路，水陆往来频。银勒牵骄马，花船载丽人。芰荷生欲遍，桃李种仍新。好住湖堤上，长留一道春。"在交通不发达的古代，不论乘船从水路去，"出阊门，乘舟历山塘"，还是从陆路沿山塘河路而去，"马嘶小步出金阊"，最为便捷的出发地，都是阊门！

当火车从苏州城的北面齐门掠过以后，曾被称为"天下第一码头"的阊门的衰败是必定而又无奈的事了，就像城墙抵挡不了热兵器的进攻一样。

重过阊门，昔日的繁华早已消失殆尽。顺着城墙脚下的马路往南行，便是北伐战争后新开的金门，也叫新阊门。再往南，过了道前街便是同阊门一样残破的胥门，伍子胥被夫差杀了以后头颅就挂在这座城门的门楼上。他要看着越国的军队从这里杀进姑苏城，结果不幸被他言中了。在与越国争霸的数十年中，吴王夫差终于让越国的勾践灭了国。胥门是伍子胥的不幸，更是吴国的不幸。

与阊门、胥门的残破形成强烈反差的是盘门，苏州目前保存完好的唯一的水陆城门。大运河从它身边流过，吴门桥高高的曲拱，映衬着城门的雄奇、壮阔。这个水陆城关有两重陆关和两重水关，两道陆门间构成瓮城，水门设闸两道，用绞盘启闭，既能防御又能节制水势入城。四周陡峭的城墙上，建有雉堞、女墙、绞关石等古代防御设施，顶部是一座两层的重檐歇山门楼。盘门原名蟠门，《吴地记》说："古作蟠门，尝刻木作蟠龙，镇此以厌越。"一说其地"水陆相半，沿洄屈曲，故曰盘门"。登高远眺，灵岩山、上方山、七子山历历在目，犹如绿色屏障，俯首运河从西而来，泛着粼粼波光，朝东逶迤在目光尽头处折南而去，正如苏舜钦在《过苏州》一诗中所说："东出盘门刮眼明……近水远山皆有情。"回首向北，瑞光塔伸手可及，高耸楼宇万椽房屋不尽光辉，是不是有点旧貌换新颜了？

这是不言而喻的。

盘门不再是防御工事，而是苏州古老文明的实物存在之一，让人们在游览之中，体会它悠长的历史和往昔的辉煌。同时它也是一个今昔文明对比的参照物，苏州的现代文明，早已不拘泥于城垣的局限，不论在西边的胥门、阊门外，还是东边的相门、葑门外，苏州的新区和工业园区，好比旧城区一对新长出来的翅膀，2500多年历史的古城，振翮高飞，焕发出青春的活力。

山塘梦寻

　　站在星桥那仅容一顶软轿的桥面向北眺望，蒙蒙细雨裹湿了两岸浓黑的河房屋脊，略略倾斜的虎丘塔在雾雨中显得淡远朦胧。回首阊门，早已不见踪影，重檐比屋遮挡了已成残垣断壁的昔日苏州最大的城门。环城运河的白水无声无息地浸进狭长的河道，不露声色地涨溢满川芷藻。

　　这便是 1200 年前苏州刺史白居易主持开凿的人工河道，起自阊门，迤逦七里直抵虎丘的七里山塘河。用开挖河道的泥土堆积成的上塘河岸，当时还是桃、柳成行的堤坝，日久便成了民居街坊——山塘街。这是项便民工程，山塘既开，人们远足虎丘，便不再越田爬坡，轻舟一叶便可"吱吱呀呀"地登临吴中第一胜迹。

　　江南水乡苏州，自唐至宋，按照《平江图》所标明的情况，全城尚有水道十二横五直，长达 82 千米，桥梁 359 座，"绿浪东西南北水，红栏三百九十桥"。到了明代中叶，资本主义经济萌芽，市民阶层兴起，阊门为水陆交汇之所，使它成了姑苏繁华的最盛之区，作为体现水乡特色的山塘也自然地风光起来，两岸列肆鳞比、青翰往来、殆无虚日。几乎没让官府花费什么银子，商业、旅游的高额利润驱使着投资者纷纷在两岸购房置地，自发形

成了一个旅游好去处。封建社会有一个特别的文化现象，就是包括着饮食、娱乐业在内的娼妓业也堂而皇之地插了进来，且兴旺发达到无以复加的地步。山塘画舫承载着太多的风流和浪漫，在这七里长的水道上来来往往，勾画出农业社会所呈现出的别一样的畸形的消费文化现象。这种风光，竟随着封建社会的漫长而延达几百年之久。

河道上塘，也就是山塘街的临水人家，麻条石的石阶层层往下直临河边，贴水的石埠头那端又层层地通达上去，从下塘隔水望去，就像鹰隼展开双翼，临水欲飞不飞。这些临水人家，往昔多半是酒楼茶馆，木结构的楼台、板壁、门窗，有的还雕着花，船靠埠头，拾级而上便入厅堂，小憩饮茶、宴客歌舞，方便至极，这便是古人吟咏的"水调行歌断续听""到门沽酒客船停"，那是何等的潇洒和惬意。岁月悠悠，风吹雨打剥蚀了楼台朱颜，

山塘街

但框架依旧，于古老中透出昔日的华彩底蕴，只是衰败得令人扼腕蹙额。

从星桥上纵目，满眼古老而陈旧的河房旧廊，无疑向我们展示了一幅昔日的古老的冶游场景和旧式的社会文明的画面。山塘在经历了几百年的辉煌后，无可挽回地斑驳了。这星桥上坑坑洼洼的桥面，以及桥缝中挤生出的青绿的野草小树，都仿佛在诉说着一个久远的温柔的长梦。这七里山塘上，石桥和木桥曾有十几座之多，桥是水的梦，如今桥已大多倾圮，连最负盛名的桐桥也无处觅踪，江南水乡的梦也就不再轻柔、不再温馨，难以再圆了。

山塘是古老的，正因为时间的延续，岁月风尘的积淀，民居密集的生活图画在这儿随处可见；陈旧的砖雕门楣，坚实不朽的柱础、柱石、界石依然在静默中挺立；多见深深庭院，那是大户人家或官宦世家的旧宅，如今已成普通百姓人家，"寻常巷陌，人道寄奴曾住"，烟熏的板壁和随意分割的空间，都在絮絮陈述往昔的繁华和盛况。

这是一个陈旧的梦，一个江南水乡的风景图画。苏州，这座拥有 2500 多年历史的江南名城，随着现代化进程的加快，人口生存空间需求的扩大，已渐失它的水乡风貌。走在通衢大道和闹市繁华区，与步入其他大城市没太多的差别，无法寻见"市河到处堪摇橹""家家门外泊舟航"的神韵了。可这位于都市西北角的七里山塘，我们却可以依稀辨识水乡苏州的芳踪。山塘无疑是苏州古之繁华的一个佐证，一段抹不去的文化历史，它已长久地积淀在苏州人乃至整个文化人的记忆中了。我们现代人面对现实很容易，回到历史却很难，人们在太热闹的环境，或者是太现代化的境地中待久了，自然会生发出一种回归自然、向往单调田园生活的意趣和意向，山塘便让人在不经意间经受了一番古老文明的重温和新读。

在山塘街上，微风细雨中，市井店招入目皆是，弹石路面上印满了各式人等的脚印，而下塘处，沿河的凹凸不平的碎石路，常常在一段青砖矮墙的中间，挤弄出一径小巷；青砖夹墙上竟能丛生出簇簇的青草，雨丝中分外精神；墙脚泥径上的青苔和车前子默默地叠生着，给人一份古意盎然的沉静气息和一种滤尽尘埃的归宁气氛。人们在进入这种境况的一瞬间，便如同走入时间隧道，回到几十年前甚至几百年前旧式文明所笼罩的文化氛围中，使人生出些许轻微的震撼和眩晕，如同微醺中捧阅一本可以乱人性情的线装书。

从历史和现实的交融来看，七里山塘所可能具有的人文景观，远较久负盛名的昆山周庄更具文化意味。在山塘临近虎丘的那端，河面开阔，新修葺的驳岸，重建的由花岗岩砌筑的普济桥都在重新营造出一种水乡的韵味。五人墓和六义士坟是不能不看的，那不仅是脂粉满河的山塘的一段高亢入云的铜铁琶的豪情，也是"山温

水软似名姝"的苏州的一种大丈夫的壮歌行板。普济桥下塘那边，也就是明清以后被称为野芳浜的地方，土堤蒿草枫杨还正等着人们去修剪，它那蓬蒿满面、云鬓不整的模样，让已差不多忘怀它的存在的文化人，和不复记忆的人都有不同程度的惊讶。"野芳浜口南头岸，君住红阑第几桥"，剔除它的调笑意味，用来审视历史和现实，也许我们会露出几许尴尬的神情……山塘应该说是充满了水的至柔风情和江南民俗民情的好去处，可惜的是它太破旧了。不过，换个角度说，也许正是这个模样，才会撩起人们探幽寻古的文化热情，吸引更多关注的目光。

夜周庄

中市街上的游人渐渐稀少，进出沈厅、张厅的人流疏疏朗朗，暮色便从小河里慢慢升起，晃漾在河房白墙上的映象变得模糊不清，越来越黯淡，连粉墙黛瓦的棱角都渐渐地销蚀。周行井字形水道的摇船全都停止了欸乃的橹声，河中的涟漪复归于平静。周庄在经历了一天的喧闹后，褪却了盛装的容颜，逐渐安静下来。路灯次第明亮，照得石板路上明一块暗一块的，一些用小弹石铺就的小路还让人走得跌跌撞撞。

晚天的星斗开始出现了，周庄也开始了它一天的休息，中市街上一家连着一家的店铺作坊相继关了门，古旧风格的长条门板温和地拒绝人们晚间的造访，间隔有一些专营刺绣、紫砂壶、珍珠的小商店，还在日光灯下不知疲倦地期待着晚归游人的光临，明晃晃的店堂在夜色的围裹中格外刺人眼目。

这是一个没有任何名目节庆的普通夜晚，水乡呈现出最常态的模样，素面布衣，窄袖大氅，静谧、安闲。没有喧哗和躁动，没有急管繁弦，没有车如流水，没有霓虹闪烁，甚至都没有杂沓的脚步和悠长的应答，只有河边的杨柳和香樟偶尔在风中摇出一串哗哗。

楼堂水阁中的灯火熄灭了，黑压压的一大片又一大片，静静地矗立在那里，比白天的体量显得更为沉重庞大，给人以捉摸不定的感觉，仿佛那里会随时蹿出来一个什么怪物，把你吓一大跳。夜的大手抹平了几乎所有的差异，高与矮、宽与窄、黑与白仿佛都是一张面孔，只能借着河房岸边稀疏的灯光，方能依稀分辨出似曾相识的白天模样，连架在小河上的平桥和拱桥、新桥和老桥，也都只是一脚高一脚低的过渡石梁罢了，分不出它们的区别，河水也是幽幽的，间歇闪烁着点点折光，不知深与浅、清与浊，一切都是朦朦胧胧的、影影绰绰的。

这就是九百年如一日的夜周庄，旧时的月新时的月都悬在这

几百年不变的上空，笼罩着水和由水派生出的一切，包括小桥和人家。

夜周庄是有呼噜的，它轻微的鼾声带着几丝流水的潺潺；它的梦是平静的，没有橹摇桨楫的咿呀声，没有竹篙铁头插进岸边的石缝中轻微的撞击声，也没有水珠跌落水面的玻璃般的叮当声，也没有河埠头淘米浆裳的哗哗声。

斜坐在贞丰桥的石栏上，周围阒无一人。身陷周庄浓重的夜色之中，水乡的夜空也痴痴地守定在头顶上方，与你同坐，与你悄然为伴，让你思绪飘得更远更远……

与贞丰古桥在中市河上做伴的东有普庆桥，西有聚宝桥。几百年前的西栅还没有更多的人烟，其时就有一盏灯高悬在普庆桥上，给从西而来湾泊于此的小船一些光明和温暖。由此西望，目光尽头除了星星点点的朦胧光亮就是浓得化也化不开的夜色，在那里油车漾的一泓清水南来，汪成一个长圆的水泊，水泊西岸的聚宝桥外就是阔大的白蚬湖水。

夜风从小河的水面上吹过来，幽幽的，带着湿漉漉的气息，空无一人的石湾街上，疏朗的民居门扉闭锁，岸边的柳树和香樟撑开它们阔大的树冠，静静悄悄的，临水的河房窗户大都紧闭着，透过对岸路灯的光亮可以清晰地看见从屋檐上垂挂下来的红灯笼，长的短的，在微风中轻轻地晃动，依旧张扬着它们永不疲倦的喜色，小河里暗暗的水，一动不动的，没有丝毫的水纹，若有若无的水汽笼罩着，似雾又不似雾，看不分明。

蓦然回首，暗处的垂柳下湾着一只小篷船，静静地泊在那里，没有一丝声响，没有一星光亮，与岸的无语和夜的无声组成一个诗情画意般的静物空间，恍惚间直入了宋词"月迷津渡""柳下小舟藏"的意境中。

从西湾街跨过梯云桥，就站在了水乡最高石桥的桥堍下。福安桥也早已是人去桥空，一人当桥而立，南北眺望，有一种特别松弛的感觉，悠远的历史与凝重的色彩都被抹杀了，所有的轻佻和沉醉也一同消失了。倚在白天无法近身的花岗岩石栏上，略略有了些许凉意。这时，仿佛能听到周庄夜的呼吸，它的气息就在身前身后，时远时近，不离左右，近得如同贴着脸，髭须和头发被轻轻地触摸；远则可以一牵衣袂，飘飘然随它沉浮，若飞若举。

南市河水道黑黑的，没有一丝光亮，周庄仿佛让无边的黑暗吞噬了，北望河房窗前有荧白的灯火，窗外几盏灯笼还悬挂在原地，怯怯地有些瑟缩。西桥堍下来了一个女孩，在不甚分明的地方兜售类同手电棒之类的玩具，一闪一闪的白亮的长棒挥舞出圆圆的弧度，在夜色中有些耀眼，也显现几分有趣来。东桥堍下，北市街口的一家店铺还没有关门，荧白的灯光被黑暗衬得分外明亮，几张凳子摆到了街中央，看得见香烟的缭绕，说话的声音在寂静的窄街长弄里传得老远。

长长窄窄的街上，孤悬在丁字路口的路灯寂寞地挺立着，周围没有人影，只有关门大吉的店铺，黄黄的灯火，衬出小镇的格外清幽，兴许匆忙的脚步声都能在小巷里走出回响来，身影也一会前一会后，拉长又变短，变短又拉长。

傍着"贞丰人家"的大门，越过周庄棋苑，在迷楼处的十字路口右拐，便是贞丰弄，路面约略有些高，北行不远就没入房屋的暗影中，东面是深宅的高墙，西边是矮墙的宅院，四周静静的、黑黑的，几乎没有一丝光亮，仰面朝天，天空不很黑，有些

深紫，听不到一点声响，没有风声也没有水声。这是小镇的腹地，是井字形水道的中央位置，身处于这样的地方，你才能听得见小镇的心跳和自己脉搏的跳动，这时才真正感觉到小镇早早地睡下了。

略略朝左拐行，便是在白天也少有人光临的福洪桥，桥旁有一株大树，嗅嗅飘来的淡淡香味，当是香樟无疑。桥下是后港河，是镇上的第一条横河，是从外踏进周庄小镇第一眼看见的河水。跨桥过河，穿过一个跨街廊棚，路过黑漆大门早已紧闭的博物馆大门，小镇照壁处的灯光好似都市繁华路口般通明闪亮，陡然让人眼睛跟着一亮。

周庄大门处的夜晚，穿上了云霞般绚丽的衣裳，显现出现代的色彩和时代的印记。青龙桥南塌东段的福洪街上，河边的餐馆一家连着一家，逶迤直抵太平桥畔。隔河相望，店堂灯光通明亮如白昼，还有卡拉OK的音响，有一家餐馆的方桌竟摆在了小街上，台阶上一对男女手持话筒，哼着锡剧，不知是堂会还是自娱自乐，现出水乡异样的情调，清粼粼的河水也晃漾出时尚风流，不住地抖动着五光十色的绸缎般的衣裳。

只有夜晚蒙住了古老的眼睛，小镇才得以在这一刻有几丝现代气息的展现。这是不是象征着现世的浮华无法楔入古老小镇的腹心，只能停留在深堂古宅的门口？越过青龙桥，避开这与城里都市一样的喧闹，便立刻又会坠入黑暗之中，小镇又以它的宁静和安详裹挟着你，给你以抚慰和遐想。

这是藏风聚秀的所在，耳畔好似缭绕着低回而又缠绵的音调，也许此刻风正聚会在小镇四周的水面上，谁也听不分明是些什么样的歌词，但绝不是伤感、忧虑，用不着有人解读和聆听，也无须人为驱使，只要一有动静，哪怕一下电光石火，它就立马将它们的歌喉传送到小镇的任何角落和每个人的耳朵里。

静静的，也许会有风，也许会有雨，也许什么都没有，没有任何期待，没有任何幻想；静静的，坦然的，面对可能会有的一切，也同样面对可能不会有的一切。

这是一个平常的周庄，一个常态下的夜周庄，没有旖旎的风光和光怪陆离的妖冶，没有人如流水的满满当当，从容而又安详，裹着氤氲的水汽，走进夜空的绡帐中。它的梦将是平实而又安稳的，是湿漉漉的。

这是一个平常得不能再平常的夜晚，就是这样的夜晚，无惊无忧，小镇才平平安安地度过了一个又一个春秋，躲过了一场又一场劫难。

晚安，周庄，睡个好觉做个好梦，做圆了做稳了，就是好梦，才有未来和希望，才会有精神抖擞的第二天的黎明和朝霞，才会依旧笑吟吟地在水一方。

江南画舫

扬州于我有永远无法割舍的情缘。

它是我的衣胞之地。半个世纪前，在靠近大运河的一条叫南河下的小巷内的湖南会馆里，我呱呱坠地。可以说，我是在大运河水不息的涛声中醒醒睡睡，开始用眼睛打量这个世界的。

我父亲却是在南京秦淮河边，以织锦为业的手工业的家庭中长大的。穿过高低不平的小巷，顺着窄窄的坡道走下去，就会来到秦淮河边，拉着河绳站在无人看管的渡船上，便悠悠地划到对岸。我至今仍清晰地记得那个深青色石头的河埠渡口，这种渡口在秦淮河上，不远处便有一座。

在我一岁多的光景，便被父母亲抱离扬州，渡江到镇江，在外祖母的庇护下长到十岁，然后随父亲回到南京。

一岁多的孩子对周围环境的印象是沉淀不下来的，也无从知道秦淮河和扬州有什么文化上的关联，至少在我年幼的时候，我不懂得地域文化的特征，以及此和彼的区别与联系。

然而就因为这衣胞之地的情结，对扬州，我总有扯不断的眷恋之情，屡屡从南京到扬州，心里总洋溢着一股暖暖的、浓浓的、化也化不开的亲情。

这一次，我是来看扬州夜色的。看它临水的夜色装扮，寻

觅前人给它的万般称颂的那种美好感觉,看它的水色鲜润,听它的欢笑,看它上千载的几度憔悴后,又几度青春再回的不老的容颜⋯⋯

　　汽车缓缓地停在西园大门外,旁边是著名古刹天宁寺,五彩的灯光把乾隆皇帝手书"御马头"三个字的碑亭映得清清晰晰。正值中秋,可是天公不作美,月亮在东边云翳里躲躲藏藏,意态朦朦胧胧。两年一度的扬州灯会丝毫不受影响,以瘦西湖为中心,热闹、祥和的气氛,洋洋洒洒地在这个长江北岸的历史文化名城漫溢开来。"天下三分明月夜,二分无赖是扬州。"这是唐朝诗人徐凝的名句,遐思凝想,该是诗人在三五之夜的触景生情之作,其时一定是清辉映照人间,河清海晏,歌舞升平,天上人间,人间天上,一片澄明世界。

　　从河坡下行到水边,就听得几十米外的冶春处人声鼎沸,令人不由得伫立遐想。这华灯映照的一衣绿水,真是乾隆皇帝翠华南幸,在这儿下辇易船,楼台画舫,十里不断往平山堂去的?

　　面前依然是窄窄的细流,曩日的匽潴已被疏浚,一如蓬头垢面的女子,梳洗了头发,光鲜了皮肤,又抹了几许铅华,焕发了青春光彩。

　　记忆如同秋水,清澈而又悠远。十年前,一个夏日寂静的中午,我步出西园,在这儿徘徊流连,心头掠过几许烟云。当时正迷恋散文诗,回房便铺开稿纸,写了题为《缄默的御马头》的一段文字:

　　　被人们遗忘的一岁一枯荣的青草,被万人踩踏过的
　　文砖石阶,依然在静默中微笑,在耐心地欣赏历史,它

的每一页每一字，连同标点符号。

御马头怎会被人遗忘？

当年宽阔的河道映现过龙舟锦帆，如今成了这般死水微澜；当年森严肃穆的场面，如林的旌旗、府牌，皂隶、侍卫，响遏行云的锣声，威严的喧喝一一飘尽，如今只有风儿轻轻地抚摸树梢，只有蝉儿在枫杨的枝头有气无力地嘶鸣。

御马头缄默着，任青草野花护伴，观水涨水落，看霞飞霞散。

御马头缄默着，是不屑于回首往事？经见的太多了，除了皇帝、王公大臣，也有烈士、勇夫，更有奴仆衙役、淘米浆裳的村姑、担水的挑夫、倒骑牛背的牧童；阅历了太多的大盛大衰的场面，看惯了走马灯般的新旧闹剧，一切都如过眼烟云，随聚随灭。

历史有如这码头，有一步步走下河谷的，有一步步迈上堤岸的。

我相信，御马头缄默着是因为它太睿智了；我相信，御马头缄默着是因为它阅尽千古；我相信，总有一天御马头会不再缄默。

我相信的这一天终于成为现实。扬州人用船和竹篙划破了历史的沉默，用焰火和彩灯引动了生活的欢笑……

沿着昔日乾隆皇帝水上游览路线，作一次扬州画舫夜游，是件极为快慰的事。

冶春码头泊着四条画舫，两两排列，朱漆雕栏。内舱沿着船

　　舷摆开两排沙发、茶几，船头纱帘斜绾，垂下两盏大红灯笼，船板上铺着猩红地毯，豪华而又典雅。

　　艄公用竹篙轻轻地将画舫脱离依傍，靠着电瓶驱动，船便在夹岸的彩灯和观光儿童的跳跃欢呼声中，轻盈地向前划去。

　　深墨凝碧的河水无声地漾开去，又无声地合拢来——

　　扬州的盛衰兴废是有史可鉴的。

　　被六朝鲍照称为"芜城"的扬州，走完了它艰难苦痛的一段路途后，到隋朝已经显露它富庶而又清雅的仪容姿态。隋炀帝以观赏琼花为名，开凿南北大运河，大业六年锦帆龙舟驾幸扬州。我们看到了历史上空前规模、极为壮观的皇室旅游行动，两岸数万纤夫，河中龙舟巍峨，连绵数十里，这远比牵黄擎苍出畋围猎

别具优雅浪漫的消遣色彩。

龙舟出游与后世的水上画舫，会有形式和文化上的联系吗？

隋炀帝沉溺于酒色，是中国历史上出名的昏君之一。扬州城北观音山上的迷楼，是他耽于声色的证据，后人写的《隋遗录》又名《大业拾遗记》《南部烟花录》，记载了这位帝王纵恣淫乐的情况。对北方邻国的穷兵黩武，和对江南的奢侈迷恋，引发了政治危机。他为这种危机付出了生命的代价。在又一次下扬州时，他被部将宇文化及用白练缢毙，尸体就地草草安葬，埋在郊外一个叫雷塘的地方。

隋炀帝开挖大运河，征用劳力上百万人，费时费力，天怒人怨，最终导致瓦岗寨的英雄豪杰拉起聚义大旗。大运河汩汩流淌的清波白水，是以数十万民工的鲜血和生命做代价的。就在炀帝的龙舟淡出历史的视野时，它便成了以后不断更迭的封建王朝的漕粮运输和南北经济文化交流的通道，同时也构建了浓郁的世代相传至今的运河文化。

这条水运大动脉的修建，当时一定是破坏生态平衡的，当岁月无可阻挡地朝前走时，它终于又营造出了新的平衡。

臧否功过，大运河是隋炀帝的一条绶带，还是一根绞索？

扬州处在江淮富庶之地，商业繁华，又处在大运河和长江交汇口，优越的地理位置，使它的发展在唐代达到了顶峰，"九里三十步街中，珠翠填咽，邈若仙境"。

唐代诗人对扬州的现实感受和礼赞歌咏，让后人如我们，依然为之心仪：

十里长街市井连，月明桥上看神仙。

人生只合扬州死，禅智山光好墓田。

这是张祜的歌。王建则吟唱道：

夜市千灯照碧云，高楼红袖客纷纷。
如今不似时平日，犹自笙歌彻晓闻。

更为脍炙人口的，出自有小杜之称的杜牧之手。这位放荡不羁的诗人，在淮南节度使牛僧孺帐下任掌书记，居扬州三年之久。

谁知竹西路，歌吹是扬州？

另有：

谁家唱水调，明月满扬州。

还有那首赠送妓女的诗句："春风十里扬州路，卷上珠帘总不如。"后人忘记了这首诗原来的内涵和情调，却牢牢地记住了"春风十里扬州路"这句再形象不过的佳句。即使是这位诗人有感伤情怀的诗句，依然充满情调地荡漾在人们心头：

青山隐隐水迢迢，秋尽江南草未凋。
二十四桥明月夜，玉人何处教吹箫？

这画面所渲染的冷清而又美丽的氛围和意境，竟成为后来历代画家、书家，乃至建筑学家不断追寻、描摹、再现的创作依据。

小农经济形态下，社会的发展常常表现由衰至盛、由盛至衰的变化，在经过几百年的极盛之后，扬州这个淮左名都自金兵南犯以后，又多次遭到破坏。

我们还是从诗歌中来体会这个史实。

宋代姜夔（号白石道人）自度了一个叫《扬州慢》的曲牌，还写了一段小序：

> 淳熙丙申至日（公元 1176 年冬至），予过维扬。夜雪初霁，荠麦弥望。入其城，则四顾萧条，寒水自碧，暮色渐起，戍角悲吟。予怀怆然，感慨今昔，因自度此曲，千岩老人以为有《黍离》之悲也。

姜夔精通音律，这个曲子的忧伤旋律和歌词的悲怀，肯定打动了许多人。曲调经多人传阅，包括作者岳父的兄弟，都有共同的人生感受：

> 淮左名都，竹西佳处，解鞍少驻初程。
> 过春风十里，尽荠麦青青。
> 自胡马窥江去后，废池乔木，犹厌言兵。
> 渐黄昏，清角吹寒，都在空城。
>
> 杜郎俊赏，算而今、重到须惊。
> 纵豆蔻词工，青楼梦好，难赋深情。
> 二十四桥仍在，波心荡、冷月无声。

念桥边红药，年年知为谁生？

连姜白石都为之怆然，感慨今昔的地方，我们今天更无从寻觅当年唐代全盛时的遗踪了。

扬州又一次梅开二度，是在清乾隆时代，距唐时全盛，已有千年之久。除却战争因素，同样的地理位置和自然条件，漫长的岁月没使扬州再度显赫，多少让人感到遗憾。

这种遗憾，也就是失落的痛楚，是不以人的意志为转移的。不论怎么说，是隋炀帝多次驾幸扬州后，到唐时才有旖旎风貌的，那时江淮流域的富庶，与江南地区的差别不大。南宋以后，国家的政治、经济中心乃至科学技术都随着人才的南流而偏重到了江南。苏杭嘉湖远较水患频仍的江淮丰饶。我们终于看到资本主义的萌芽在较为和暖的地方出现了。农业文明的巨大变化，伴随着手工业的进步，隔了一条天堑长江，就呈现出完全不同的景况。腰缠十万贯的阔人，骑鹤飞翔的落脚点不再是扬州，而是金陵、苏州、杭州……

明代276年岁月中，扬州也只是南京的江北的一道屏障而已。

曾做过湖广、云贵总督的仪征人阮元，对家乡的梅开二度有这样的说法："土沃风淳，会达殷振，翠华六巡，恩泽稠叠，士日以文，民日以富。"

扬州的重新抬头，是和皇帝南巡有关。

乾隆皇帝六次南巡，第一次在1751年，其后依次为1757年、1762年、1765年、1780年、1784年，路途所经，都给各地带来了发展机遇。这六次南幸，都在扬州，或高灵寺或天宁寺驻跸。扬州紧紧抓住了这种机会，用公家的银子，"海水淌似的"去接待天

子至尊。大才子袁枚以其亲身所历，记述了皇帝驾幸之前和之后，
从天宁寺外到平山堂这段水路的巨大变化。初年的景象是：

> 长河如绳，阔不过二丈许，旁少亭台，不过匽潴细
> 流，草树卉歙而已。

但天子要视察观光，地方官吏就忙得不可开交，让旧貌换新
颜，变化既大且快。这种事对于地方官吏来说，是命运攸关的。弄得
好，皇帝开心，可以升官发财，稍有差池，帽顶子会被摘掉。于是：

> 赋工属役，增荣饰观，奢而张水，水则洋洋然回渊
> 九折矣，山则峨峨然隆约横斜矣……猗欤休哉……

只要有钱，什么太平盛世的景况造不出来呢？
这种"增荣饰观"，就是消费繁荣的推动力。
阮元所说是事实，袁枚作了证实。另一位苏州人钱时霁，也
以亲眼所见、亲身所历佐证：

> 扬州少小常过地，眼见荒砀变胜游。
> 十里天宁门外路，黄沙荒冢草萧萧。
> 翠华几度南巡后，金粉楼台压念桥。

扬州与"十"相关联。唐人称颂其繁华，多有十里长街、春
风十里之誉；史可法抗清，不幸城破，更有"扬州十日"之惨烈；
乾隆驾崩后，有水路十里不断之称。

这一篙春水、半橹斜阳的水路十里的繁华，区别于唐代的十里长街酒绿灯红的外在表现形式。

扬州的碧漾清水有两处，一是自小东门至北水关的一线"小秦淮"。这条城东夹河，水量、流程、规模气势皆不及南京秦淮河，它两岸"亭树欣有托"，秦楼楚馆，造型格式却大体仿佛，二是"绿树满野，绿草满堤，新荷有花，蝉声不断，直抵平山"的起自天宁寺御马头的水系。这迤逦十里的清水碧波，包容了小秦淮尽头处的一小段清水，这是个充满山村野趣的自然风光带，其中不乏众多的人文景观。

扬州画舫便是在这青山绿水中享有巨大的声誉，以至使做过逍遥游的士庶都会终生难忘。

这片绿水的中心是"瘦西湖"。扬州人谦虚、实在，同时又极富想象力，表现出良好的盎然风雅之态。"小秦淮"仿自南京秦淮河，自谦其小是如此；"湖中西子瘦于秋"的芳名，贴切、准确且诗情画意，又不掠美更是如此。有人由衷赞美："绿杨城郭比西湖，自由繁华入画图"。

画舫上承载的扬州城，无论是池馆繁华、花市胜地，还是文章烟月，都已是"十里湖山胜昔年"。

然而这一次如烈火烹油一般，燃烧得轰轰烈烈，冷却得也迅速快捷。完全靠第三产业建立起的消费繁华，无论如何都是虚假和不能持久的。

有记载说，扬州全盛在乾隆四五十年间，六十年时还"殷阗如故"，但自嘉庆八年便"此后渐废"，也就是说，仅仅几年工夫，内囊就翻上来了。又过了十九年，按照一位叫"节性斋老人"的说法："荒芜更甚。且扬州以盐为业，而造园旧商家多歇业贫

散，书馆寒士亦多清苦，吏仆佣贩皆不能糊其口。"这情形和《红楼梦》所描绘的极为相似，忽喇喇大厦倾，整座城市在几十年间就变了个样。看惯了荣华富贵，目接红装绿裹的人，特别是感情丰富的文人，心中感慨悲凉何等凄楚。

扬州无可奈何花落去，扬州画舫朱颜改。

我们对于扬州昔日的景象的感受，只能从书本上去领略。仪征人李斗写了部《扬州画舫录》，把扬州在乾隆升平期间五十个春秋中，所形成的风光名胜、典章之事、人士风俗、琐事俗谈、城市宅第等一一裁置书中。这是关于往昔扬州的历史记录，但它撩不起我们太多的审美激情，因为我们不可能在过去的辉煌里生活，靠回忆去打发岁月。

人文景观的衰败，自然山水也免不了蓬头垢面，这用得着杜甫的一句诗：国破山河在，城春草木深。正因如此，扬州历经朝代变迁、兵燹灾害，城内许多景观消失了，连可以媲美苏州的八大佛寺也所剩无几，但城外的大运河依旧流淌，画舫所依赖的青溪小河、瘦西湖、小秦淮一样盈漾，平山堂、蜀冈、观音山也形体依旧，"青山不老，岁月长流"，遇到好年华，滋润起来就是早晚的事……

这是扬州的幸运。正是因为这种幸运，我们才能有今日画舫夜游的可能。

虹桥的礁石浅水，瘦西湖的碧波，虽有烟花熏染，但毕竟涉艳不深，没有太多的脂粉，大体上是清白模样。城内小秦淮的起始处和中段，本来就狭窄，画舫小舟常常壅塞，水浅时不能施橹划桨，它的闹忙是青楼女子的青春烘托出来的，两岸河房、妓院是烟月的作坊，大凡娼妓出没的地方，就会有畸形繁华。一度官府禁了官妓，苏浜、扬浜的土娼潜出，不便过分张扬，气势就减弱不少，小秦淮也随之黯淡下来，岁月一久，自然魅力全消。

这种情况，和南京的秦淮河、苏州的山塘河有若干相同之处。

娼妓文化对人文景观的玷污，在各地都有着相同或相似的后果。问题不在于如何兴旺起来，而在于一旦形势不对，立刻会门前冷落车马稀。而墨客骚人的感怀，从总体看不是有价值的人文精神。

"人人都说江南好"，好在哪里？好在水上！江南人知道这个地理优势，在水上做文章，靠山吃山，靠水吃水，俗话"一方水土养一方人"，就是生存状况决定的结果。长江流域文明区别于黄河流域文明的一个环境标志，就是水。水的柔媚流婉，滋润了山水树木，鲜活了男人和女人。"越女天下白""吴娃肤凝脂"的描绘，被专事描绘的文人渲染得匪夷所思。人们傍河而耕，也依河生存，娱乐业也凭河而兴。

唐朝诗人杜牧，是个倜傥不群的才子，他在扬州的前后三年中，依红偎翠，醉心扬州的繁华，写下了许多关于扬州的美文妙句。他三十三岁离开扬州，十三年后已是望五年纪，从睦州刺史任上上调进京，路过金陵。

这是一个深秋月色姣好的夜晚，他乘的官船悄悄地泊近了秦淮河。无边的月色笼罩着烟水轻扬的水面，他伫立船头，打量着六朝金粉的江南佳丽之地，忽然间听到了一个久违的熟悉的音韵腔调，是从扬州来的歌女的嗓音，无比柔媚婉转地吟唱《玉树后庭花》。他不觉感慨万千，怎能忘掉在扬州的那段绮丽的岁月呢？每日每夜地外出游宿，从这家青楼出来又钻进另一家楚馆，害得

他的上司朋友每晚派出保安人员暗中保护他,"十年一觉扬州梦,赢得青楼薄幸名"。往昔的浪漫生活,每每想起心中多有惭愧之情。而这些世事不谙的风尘女子,只一味地倚窗卖笑,凭水而歌,哪里知道这《玉树后庭花》,是曾在这金陵地当过皇帝的亡国之君陈后主作的曲子啊。

岁月沧桑,感情就沉稳练达,杜牧心中的潮水滚滚不息,一首千古传唱的《泊秦淮》就在这一刻完成了:

烟笼寒水月笼沙,夜泊秦淮近酒家。

商女不知亡国恨,隔江犹唱后庭花。

秦淮河能告诉我们什么呢?它起始秦始皇"筑钟山以疏淮水"的水道,六朝时是天然的防护屏障,河上设浮航,河面宽阔,波涛汹涌。在杜牧来到这儿的时候,河水已经流淌千载,"六朝旧事随流水",六个朝代在河边更换过旗帜。它成为风流渊薮是唐代开始的,这种堕落不是河水的污染,而是休闲文化的聚合。它买船载酒、急管繁弦的商业行为,日后演变成了明代的画舫、灯船。

《泊秦淮》是于扬州有深情的杜牧,在公元 848 年时的触景生情之作。他一定知道,在这前两年,前辈诗人白居易与世长辞了。在离金陵城几百里之外的苏州,二十多年前,白居易在任苏州刺史的一年多时间里,为了方便民众游玩虎丘,主持开凿了一条人工河道,从阊门到虎丘长达七里的山塘河,引大运河的水流注其间。白居易当然无从知晓他的这个功德到了明代会成为苏州乃至江南的一个著名的风骚名迹。

秦淮灯船、苏州画舫在明代盛行，扬州画舫受它们的影响，但时间要迟延得多。

江苏省的这三座历史文化名城，都有着与水相得益彰的画舫文化。这种文化既包容了游船的形制、装饰，又附带水上餐饮和音乐娱乐视听，还有画舫所经之地的民俗风情。

画舫是什么？

它是水仙子飘逸的罗裙，

是水面舞台上一道炫目的游移的追光，

是历史段落或传闻逸事的旁证和艺术再现，

是浪漫琴弦上跳动的华彩音符。

秦淮河在明代的盛名，得益于首都的特殊地位以及经济的发展。朱元璋从全国各地迁来四万五千多户工匠，安排居住在这淮水流经的门东、门西一带。手工业的迅速发展，给市井文化注入了原动力，也给市民阶层的兴起提供了丰厚的土壤。那时全市的商业中心，在与河毗连的三山街，人口往来频繁的阛阓之区，各种消费娱乐方式和方法，都会招来关注和投入。洪武五年（1372年）这一年的元宵节，励精图治的朱元璋几百年后被康熙大帝称为"治隆唐宋"的开国之君，下令在秦淮河上燃放万盏水灯。可以想象得到，那是多么壮观，又是多么令人狂欢的场面，人们俯瞰欣赏，随波逐走，欢呼雀跃，和今天人民翘首仰看斑斓纷呈的礼花焰火差不多。

秦淮河的声誉随着天子的圣旨和老百姓的口碑而传之久远。

秦淮河边上有建于宋代的孔庙（夫子庙）和进行乡试、会试的贡院考场，聚合了江宁府乃至全国优秀的封建知识分子。文化人在读书之余、考试前后的休闲，是饮食业、古玩业、书肆、茶坊纷纷开业的良机。普通市民作为社会的一分子参与了进来，再后来，江湖郎中、说唱艺人、贩夫走卒同在这里招财进宝。秦淮河衍化出了一个年年月月日日开幕的庙会。不幸的是，与人类社会进步相伴而来的娼妓文化，也毫不迟疑地在河边拥有了自己的地盘。

娼妓文化的最大本领，就是能充分发挥自己的特长，调动参与者的所有能量，占据最有利的地势，最漂亮最艺术或最巧妙地装扮自己，形成自己的特色。凭河而居、凭屋而守的勾栏、春院的旗帜，从河房绮窗里，毫不害羞地伸出去，飘临在清清白白的水面上……

秦淮河揽住了最出色的妓女，诸如秦淮八艳，自然也吸引了知识分子精英，如复社分子、东林党人的骨干、台柱，与之相适应地形成了各具特色，包括饮食业在内的丰富多彩的文化形态，河面上也有了精致的画舫、灯船和力求完美周到的服务与娱乐……

余怀的《板桥杂记》这样形容五月的秦淮景象："秦淮灯船之盛，天下所无。两岸河房，雕栏画槛，绮窗丝障，十里珠帘……薄暮须臾，灯船毕集，火龙蜿蜒，光耀天地，扬槌击鼓，蹴顿波心。自聚宝门水关至通济门水关，喧阗达旦，桃叶渡口，争渡者喧声不绝。"

这种景况持续了不短的岁月。朱自清、俞平伯写作的《桨声灯影里的秦淮河》，已失去了那种盛况，淡淡的情调已遮掩不住没落的景况，两位文学大师乘的小船悠出大中桥，其实是在与杨吴城濠相连的宽阔的水面上纳凉，他们敏锐的感觉和厚实的文化底蕴，让人另有所感。

秦淮河的盛名，招致了一代又一代人对它的感怀和欣赏。但人们首先注目的，不再是往昔最具特色的河上的画舫，而是一如北京的天桥、上海城隍庙那样的平民生活色彩和庙会文化。重建的古典风格的建筑群落，"青砖小瓦马头墙，回廊挂落花格窗"营造出浓浓的古典氛围和古老情调，人们在元宵佳节肩扛着孩子，挽着妻子，购盏荷花灯、兔子灯；摩肩接踵地来这儿品尝小吃，买廉价的服装和各种小手工艺品，逛花鸟市场，看贡院考棚内模拟的旧文人考试的场景。

孔庙不再宁静。数十所高等院校的莘莘学子，对至圣先师顶礼膜拜的虔诚大大减弱。窄窄的水道、两岸河房，除了李香君故居门窗里挑出的旗号外，没有更多的店招酒幌。两岸繁华，河上相对冷清，画舫有出发点，没有固定的驶往目标，只是来来回回地游弋，努力让人体会古老的情调，但这不是大多数人能够进入的境界。

画舫摇不进藕花深处，也不能杨柳岸系泊，没有扬槌击鼓的氛围，一切都淡淡的、平板的，也就容易沉寂归宁……

画舫是旅游文化的载体之一。与秦淮灯船相媲美的，还有苏州画舫，沙飞船、灯船、快船、逆水船、水果船……它们日后都毫无例外地被扬州人借鉴、引进了去。

秦淮河和山塘河是一对风流的姊妹河，一河脂粉改变了淮水的清纯，也给山塘吹去艳风浓香。在秦淮河上风光的姐儿妹儿，常常到山塘去客串。生在南京桃叶渡畔的董小宛，就曾在山塘一个叫半塘的第宅里窝着，钱谦益、冒辟疆、侯朝宗、陈贞慧等大公子，从秦淮到山塘，从山塘到秦淮，同样地追欢买笑。

苏州山塘河的画舫晃漾出了明清两代苏州的温柔富贵，七里

长的白公堤上桃红柳绿，从阊门直到虎丘，这是由精彩起头，由风韵收尾的一段不可多得的旅游好去处。有人形容"山温水软似名姝"，这种拟人的妙喻，只有亲历过的人才体验得出。

虎丘是吴中第一名胜，"望形不出常皋"，立在山下仰望，却有壁立千仞之感，从春秋到明代的一千多年间，郁郁葱葱的树木遮阴了难以胜数的名胜、寺院、祠宇、冢墓、坊表、会馆、桥梁，山皋周围栽花种草人家比户相连。虎丘有市有会，清明、七月半、十月朝为三节会，春为牡丹市、秋为木犀市、夏为乘凉市，还有龙船市，"江南人尽似神仙，四季看花过一年"。丰富多彩的活动引得人们纷至沓来，罗袂藻水，脂香涨川，难怪苏东坡说："到苏州不游虎丘，乃憾事也。"明代人出游虎丘，女眷同往，在阊门下船。阊门是商贾交集之地，"兰桡桂楫芳塘路"，沈朝初《忆江南》词："苏州好，载酒卷艄船，几上博山香篆细，筵前冰碗五侯鲜，稳坐到山前。"多么轻松舒适的水上游！明代才子唐伯虎追求秋香的民间故事，就是在这条河的背景上演绎出来的。河的两岸上下塘，以及半塘处，特别是靠近虎丘的普济桥附近，青楼妓院插进来，藻饰一方。连接河两岸、沟旁河浜水弄的木桥、石桥有数十座，最为有名的是桐桥（亦名胜安桥）和普济桥，妓女的行踪飘忽不定，有的倚窗卖笑，有的坐船上抛头露面，她们簪金佩玉，"晓起买花簪满鬓，粉妆玉琢坐船头"。

与南京、扬州大为不同的，也令我们大为不解的是，在这条风流汇聚、脂香满河的地方，有着与娼妓文化极为相左，甚至水火不容的文化现象。有显赫社会地位的官宦人家的祠宇建在这儿，大官僚的宅第别墅选在附近，肃穆的塔院、寺观、庵堂，更有几十座旌表节孝、节烈、贞孝、贞烈的坊表高高地矗立在河边岸旁。这么多的贞节牌坊，和秦楼楚馆和平共处，是娼妓污染了这川清水，社会又容忍了这种丑行，还是弘扬"正气"，蔑视娼妓的一种挑战？

当历史沿袭到今天，封建伦理标准的是与非都消失了，依旧在山塘独标高风的是五人墓和葛贤祠。

明代天启年间，反对阉党魏忠贤而怒击缇骑的颜佩韦五人遭逮捕杀害，殓葬在山塘，这就是五人墓。丝织工人领袖葛成，在万历朝带领工人抗捐抗税被捕入狱，出狱后就结庐五人墓西，死后也葬其旁。这是柔媚无骨的山塘河，唯一充满凛然正气的所在。"虎丘塘，七里长，花市丛中三尺土，五人名姓千秋香""山塘满路皆脂粉，可少秋风侠骨香"，它的英雄气概、人文精神，与山塘河那么不一样。

我们依然怅惘的是，在五人墓河对岸，顺着普济桥石阶走上去，再走下去，就是野芳浜，明代许多青楼曾在这儿显赫。山塘河把相悖的伦常行为相安于一地，这种文化心理是苏州人所独有的吧。

苏州画舫能告诉我们什么呢？

尽管如此，山塘河也别无选择地衰败下去，至今也没有振作起来。清朝咸丰年间，清兵与太平军对峙，一把大火把阊门内外和山塘河上数百间房屋付之一炬，情况立即发生了急剧变化。谢国桢为《桐桥倚棹录》一书作的题记中说："昔之列屋连云，今则荒丘蔓草矣！昔之燕舞春风，今则狐嗥夜月矣！盛衰转眼，过客兴悲。"山塘从此沉寂不语。

苏州城成了上海大亨们的后花园，他们无须在河上公开放浪，时代也不允许妓院招摇。

画舫在山塘河上消失了，落日的余晖在清冷的河面上泛出惨白的余光。大运河流淌不息的河水，仍赋予山塘荡漾清水，但阊门不再是重要交通要道，去虎丘的汽车绕过河浜，在浓荫夹道的柏油路上疾驶而去……

远在这之前，扬州画舫在小秦淮和瘦西湖上，早已难觅踪影了。

扬州画舫今天能再现魅力，既得力于格局不会改变的青山绿水，更得力于营造这种氛围的扬州人的努力。当秦淮画舫徒具形式，山塘画舫了无芳踪时，扬州画舫从从容容地在乾隆皇帝所经过的路线上，来来回回地承载平民百姓，应该说是时代的巨大进步和一种健康文化的复苏。

——我们乘坐的画舫，穿过一座桥，又穿过一座桥，两岸明灯连绵，盆景园处高大的花篮灯塔荟萃了万千仙葩异草，让人目不暇接。画舫在杨柳和枫杨的夹峙中，优雅地弯行、直行又弯行，朝无尽头处划去，隐隐地传来了锣鼓声和鞭炮声，宛如天际仙籁，转瞬间迫近大虹桥，透过半圆桥孔，水面豁然开朗，小秦淮已经汇入宽阔的瘦西湖中。夜风微微地吹过来，岸边连缀不断的彩灯，在水里映出缤纷灿烂的光带，忽而朦胧、杂然交错，忽而又平复如初，清晰分明。春波桥下，鲤鱼在跳龙门，小金山旁玉兔在迎候嫦娥，"吉庆有余""水晶龙宫"各式灯彩一一在面前晃过，令人目眩神迷，如坐天上。画舫悠然荡出玉亭桥洞，迎来了《玉女吹箫》，这是瘦西湖中最具魅力、最为精彩的部分。横临水面的平台，疑为西湖的平湖秋月岸边，巍峨的楼阁是舒同先生手书匾额的熙春台，那旁边高抛的玲珑至极的玉带桥，便是诗意盎然的二十四桥：

展卷重看廿四桥，二分明月玉人箫。

请君莫话扬州梦，话到三生梦已消。

　　往前便是一箭秋水、两岸蒹葭之地，尽头处该是平山、蜀冈，可以"一路楼台直到山"。在熙春台上左右眺望，二十四桥和玉亭桥，恰似一对临水而立的佳人、才子，永永远远地凝望着、期待着……